Como não perder o Duque

Lygia Camelo Santiago

Como não perder o Duque

SEGREDOS VITORIANOS - LIVRO 1

LYGIA CAMELO SANTIAGO

FREYA EDITORA

2ª EDIÇÃO

Esta é uma obra de ficção, qualquer semelhança com nomes, pessoas, fatos ou situações da vida real terá sido mera coincidência.

REVISÃO: *Fabiano de Queiroz Jucá*
CAPA: *Luis de Almeida*
DIAGRAMAÇÃO: *Amorim Editorial*

Esta obra segue as regras do Novo Acordo Ortográfico da Língua Portuguesa.

DADOS INTERNACIONAIS DE CATALOGAÇÃO NA PUBLICAÇÃO (CIP)

S235c Santiago, Lygia Camelo
Como não perder o Duque / Lygia Camelo Santiago - Piracicaba, SP: Freya Editora, 2020.
(Segredos vitorianos, 1) - 2ª Edição
238p. 21cm.

ISBN: 978-65-87321-05-9

1. Ficção Brasileira I. Título II. Série

CDD: 869.3
CDU: 821.134.3(81) - 3

Prefácio

Li "Como não perder o Duque" alguns anos atrás, quando ele ainda estava disponível na plataforma Wattpad. Devo dizer que a história de Lara e Richard me cativou nas primeiras páginas.

Lara é uma mocinha forte, que não se intimidou diante das dii culdades que a vida lhe apresentou, em vez disso ela tomou sobre si a responsabilidade de dar um rumo diferente a sua própria vida. A ideia de vê-la a frente de algo tão proibido foi um dos pontos que mais me encantou neste livro.

Outro ponto marcante foi sua personalidade forte. Adoro mocinhas que não se calam, que são teimosas e questionadoras.

Para uma protagonista tão forte quanto a Lara, teria que haver um par à altura. Richard é o homem certo para domar a fera que existe na nossa mocinha. Um homem honrado e ao mesmo tempo orgulhoso e extremamente cativante. O amor que foi sendo construído ao longo da história é lindo, divertido, provocante e deixa aquele quentinho no coração.

A escrita da Lygia tem uma boa dose de requinte, mas em momento nenhum perde a leveza. Desde as primeiras páginas, é notável a facilidade com a qual ela narra os acontecimentos e introduz os personagens, deixando uma história leve e arrebatadora, capaz de deixar o coração apertado em um momento e transbordando de felicidade no capítulo seguinte.

Michaelly Amorim
Autora da série *Amores Indecentes*

Capítulo 1

Os traços aristocráticos do rosto de Richard Ackerley estavam tensos, enquanto ele esperava o valete terminar de escovar a casaca que tinha sobre o corpo. Talvez, se o Nono Duque de Wanthrop tivesse alguma esperança quanto à noite ser agradável, sua postura estivesse um pouco menos rígida e o tom usado para agradecer e dispensar o valete, até a manhã seguinte, fosse um pouco mais amigável — o empregado não tinha culpa de nenhum dos acontecimentos do dia. Colocou a cartola negra sobre os cabelos penteados de lado, antes de rumar para a carruagem, preparando a mente para a tortura que vinha pela frente.

A Duquesa viúva, conhecida pelos íntimos como Lucretia e por Richard como mãe, dera com a língua nos dentes. Desde que ele assumiu o título, há quase cinco anos, Lucretia insistia no tópico casamento. Não poderiam correr o risco que algum primo distante e desconhecido assumisse o título que estava na família desde sua criação — ou melhor, ela não poderia correr o risco de morrer sem nenhum neto, já que o primo que assumiria o título, no caso de uma fatalidade, sequer seria distante. Obviamente, era responsabilidade de Richard assegurar-se de sua própria descendência, mas ele não precisava ser lembrado deste fato a cada hora anunciada pelo relógio.

As contas das propriedades eram acompanhadas com disciplina militar e anualmente mostravam a prosperidade de sua administração; ele não ficara bêbado nos últimos dez anos, pelo menos não publicamente; suas amantes eram mulheres discretas, que sabiam que jamais deveriam constrangê-lo. Richard era um homem ciente de todas as suas responsabilidades, e sua mãe deveria saber ser desnecessária a lembrança quanto a qualquer uma delas.

Com 32 anos, ele decidiu ser o momento certo para resolver a questão da hereditariedade. A perda recente do primo, que ainda mantinha o luto pela morte da esposa e do único filho, apressou um pouco a tomada de consciência sobre a passagem do tempo, mas isso não significava que ele fosse se apressar para fazer uma escolha. Começaria a prestar atenção às jovens casadoiras às quais sua mãe o apresentava — o que não era um anúncio claro de que estava pensando em se unir a uma delas, mas uma discreta inserção no mercado.

Ou seria, se ele não tivesse comentado com a mãe sobre sua decisão e ela não tivesse feito questão de anunciar aos quatro ventos que ele estava em busca de uma esposa. Ou melhor, anunciado para a Duquesa de Norfolk, o que era praticamente o mesmo.

Pensou em desistir do baile ofertado pela Condessa de Clare naquela noite, mas Lucretia fora enfática ao sair de casa, declarando que sua ausência no baile seria tomada como uma ofensa pessoal. Richard conhecia o suficiente do espírito vingativo que cingia as ações de sua mãe para que não tivesse qualquer plano de ofendê-la. Além do que, ele já confirmara sua presença. Lucretia sequer o havia esperado para que os dois chegassem juntos, mas partiu na frente com a carruagem, sob um pretexto ao qual ele não prestara atenção, e a enviou de volta para casa em seguida para que Richard pudesse chegar à tal festa. Não restava a ele escolha senão descer da carruagem e entrar no salão tão logo o seu nome fosse anunciado.

Cumprimentou aos anfitriões com um pouco mais de amabilidade do que achou ser capaz no momento, mas não poderia permitir-se ser rude sem nenhum motivo aparente, apesar de não haver em seu rosto nenhuma sombra de sorriso. Lucretia fora a próxima a se aproximar do filho, parecendo finalmente dar importância ao fato de que ele tinha algum problema maior do que arrumar uma esposa naquela noite.

— Procure divertir-se um pouco. Suas sedas já desapareceram há semanas, e passar a noite mal-humorado em seu escritório não as trará de volta.

Ela o agarrou pelo braço com um sorriso, falando baixo o suficiente para que ninguém, além do filho, a ouvisse. Richard havia se certificado, três meses antes, que a única embarcação a trazer uma carga de sedas para a Inglaterra naquele período fosse o Grand Queen, bem como tomou todas as providências para que esta carga lhe pertencesse antes mesmo que deixasse os solos indianos.

O Grand Queen deveria ter aportado naquela mesma tarde, mas foi surpreendido ao receber apenas uma carta do capitão, informando que o navio fora emboscado e estava aportado para reparos. Não só a carga havia sido roubada, como a tripulação perdera alguns homens. Odiava ver um bom negócio arruinado, assim como não gostava de saber que bons homens haviam se perdido, e pretendia ter sua carga de volta. A mãe ficara ciente dos problemas do filho algumas horas após ele próprio, mas a irritação que ele demonstrara ao compartilhar o problema não foi o suficiente para arrancar dela qualquer palavra que não fosse referente aos preparativos para a noite. Richard sabia que ela escutara cada vírgula do que ele dissera, apenas fingia não se importar com nenhuma delas.

— Informo-lhe que a única mulher que terá meus olhos esta noite é você.

O objetivo da mãe não era fazê-lo esquecer seus problemas, por isso o comentário seco fez Lucretia sorrir, incrédula.

— Isso é o que veremos. Seria uma descortesia sem tamanho se você saísse antes da primeira valsa. Maior ainda se não fosse para a pista em nenhuma dança antes dela.

Richard apenas balançou a cabeça negativamente, enquanto a mãe largava seu braço para cumprimentar alguma conhecida. Buscou para si uma taça de champanhe, antes de se aproximar do pequeno grupo masculino no meio da sala, que discutia mais sobre negócios do que casamentos.

Não era apenas o Duque que tinha seus problemas naquela noite, por mais que os problemas de Lara Hale começassem muito antes — mais especificamente há um ano, com a morte do tio. William Hale era o irmão mais velho do pai de Lara e se responsabilizou pela criação da garota quando ela completou três anos de idade. Sua mãe era a filha de um barão, mas caiu em desgraça para a própria família por casar-se com um homem de posses rurais, mas sem qualquer título. Morreu no parto, sem o perdão do pai. O velho barão faleceu meses depois da filha, sem jamais conhecer a neta. Seria romântico dizer que Rhett Hale morrera de tristeza pela morte da esposa, mas o fazendeiro foi vítima de uma queda de cavalo, quando Lara tinha apenas dez anos de idade.

William e a esposa, Margaret, não tinham filhos, e foi uma alegria para os dois criar a sobrinha como tal. Passaram quase toda a vida em Londres e não tinham qualquer interesse em mudar-se para o campo após a morte de Rhett. Isso teria em muito atrapalhado os negócios de William, um comerciante respeitável, bem como a fazenda não era produtiva o suficiente para que a família se mantivesse somente por seus rendimentos. A propriedade rural foi vendida logo após a morte de Rhett e o dinheiro convertido em uma poupança para Lara.

Não fora o comércio lícito, entretanto, que dera riqueza para a família. Lara jamais soube o que fizera o tio entrar a serviço da Coroa como contrabandista, mas isso garantira sua educação, seus vestidos bonitos e um dote que lhe permitiria fazer um bom casamento. Obviamente, uma das garantias dadas a William foi a manutenção à respeitabilidade de sua família, que não teria seu nome envolvido, mas era de conhecimento público que Tom Hart — o nome falso que ele usara por mais de trinta anos nos negócios — fazia um trabalho rápido e limpo.

Como todo tio zeloso, William tentou manter a sobrinha longe de qualquer coisa que pudesse prejudicar sua reputação, mas, mesmo antes de Lara completar seus dez anos, era impossível manter qualquer livro longe dela, inclusive os de contabilidade. Quando ela tinha treze anos, começou a perceber pequenas discrepâncias entre as receitas e as despesas, registros de mercadorias diferentes e, principalmente, algumas remessas de dinheiro que não condiziam em nada com as contas erradas e nem com os registros de mercadorias fraudados. Foi com 16 anos que ela descobriu com que o tio trabalhava, mas, ao invés de ficar chocada e entrar em alguma falsa depressão pelo dinheiro que a sustentava, ela aceitou os fatos e passou a ajudar o tio com os reais livros de contabilidade — e aqueles sim faziam muito mais sentido.

Bastou que a sobrinha completasse seus 18 anos para que William a apresentasse à sociedade. O que ninguém esperava é que um ataque do coração, durante um jantar em família, fosse o responsável por interromper tão bruscamente a vida do comerciante e a temporada de Lara. Margaret Hale definhou com a morte do marido. Não conseguiria lidar com nenhum dos problemas trazidos por ela, por mais que eles tivessem surgido como uma enorme onda após o falecimento de William.

A correria entre festas e vestidos consumira muito do tempo de Lara e os livros de contas ficaram sob os cuidados exclusivos de seu tio. Desde antes do início da temporada foram substituídos pelo *frisson* de sua apresentação, dos primeiros bailes e dos pretendentes. Depois, fora o luto que se apoderara dela. Não era de seu feitio deixar-se abater como a tia, mas, na primeira semana após o falecimento do tio, estava claramente desnorteada. Depois, fora a vez de John Hammer lhe tirar o chão dos pés.

Hammer não apenas era o melhor amigo do tio, como a pessoa que cuidava pessoalmente da maioria das negociações de Hart. Os poucos *clientes* com quem William se encontrava tinham mais a perder se revelassem que procuravam seus serviços do que o contrário.

Não era fácil precisar a idade de Hammer, mas Lara chutava algo na faixa dos cinquenta anos. Seus cabelos já eram completamente brancos e ele tinha a postura levemente encurvada, mas a voz era forte o suficiente para que os outros homens o respeitassem. As roupas eram velhas e, via de regra, amarrotadas, mas nunca sujas. Se havia alguém em quem William confiava era Hammer, que estava notadamente tenso ao mostrar para Lara o que acontecera nos livros de contas no tempo em que ela se afastara deles.

Tudo começara com um mau negócio, que lhes trouxera um prejuízo de mais de 10 mil libras. Se os contratos pendentes tivessem sido cumpridos, em um ano eles teriam conseguido contornar aquele problema, mas uma pane em um dos navios fizera com que parte destes contratos tivesse atrasado e depois viera a morte do tio, para piorar a situação.

Passaram horas conversando, tentando encontrar alguma solução válida. Precisavam cumprir os contratos pendentes e conseguir mais alguns — de preferência, que dessem um bom adiantamento — se não quisessem perder não apenas os navios, mas a casa em que Lara morava com a tia. A poupança de Lara foi a primeira a naufragar, deixando-a até mesmo sem um dote, caso um bom marido se apresentasse mesmo fora da temporada.

Por mais que jamais recriminasse o tio por suas atividades, nunca sonhara em ser a cabeça por trás delas, mas isso se mostrara imperioso. Hammer não podia arcar com todas as responsabilidades sozinho — o que ficara claro na conversa dos dois. Tudo acontecera rápido demais e ela teve a impressão de que nunca mais fosse conseguir respirar com normalidade. Tanto que, mesmo que a tia tivesse mostrado o convite para o baile da Condessa de Clare, quase cinco meses depois que ela ficara ciente da situação das finanças, sua primeira atitude fora recusar de modo veemente.

Margaret não pensava em comparecer a nenhum evento social tão cedo, mas, na sua opinião, a sobrinha vinha se martirizando demais depois da morte do marido. Já fazia quase um ano e a viúva chegara à conclusão de que Lara estendera demais o luto. Além do que, a temporada estava em seu início e não havia mais motivo para que ela passasse seus dias em casa.

Lara jamais comentou com a tia uma palavra sobre os problemas financeiros que vinham enfrentando. Para Margaret, o marido morrera como um bom homem de negócios, e não seria Lara quem mudaria esta verdade para ela e nem para toda a boa sociedade de Londres, que também jamais tomara ciência dos problemas que ainda ameaçavam os chás de Margaret.

Se não fosse pela insistência da tia, Lara jamais pensaria em ir para o baile, mas Margaret abordara o assunto de modo tão delicado, mostrando-se tão preocupada com o bem-estar da sobrinha, que ela não se sentiu no direito de dar aquela questão por encerrada e recusar o convite.

Foi com genuína satisfação que Lara observou o vestido de festa branco sobre o corpo. Notou os olhos da tia brilharem, enquanto um sorriso largo nascia nos lábios da mais velha. Os cabelos loiros foram presos em um coque alto e, apesar das adversidades, seu rosto estava luminoso e a pele bonita — por mais que os lábios precisassem ser apertados para que ficassem um pouco mais corados.

— Você parece uma princesa, querida. Prometa-me que irá se divertir.

— Eu preferia que a senhora fosse comigo, mas farei como me pede — ela disse, com um curto sorriso, beijando as mãos da tia antes de sair de casa, acompanhada pela criada.

Estava um pouco desacostumada com os salões lotados das noites de Londres, mas não pôde deixar de sorrir quando reencontrou as amigas que fizera durante a temporada passada. Fora seu jeito aberto e extrovertido que conquistara muitas das garotas — assim como fizera outras tantas detestá-la.

Foi somente após cumprimentar quase todo o salão que ela teve o prazer de sentar ao lado de alguém a quem podia chamar de amiga. Eris Murray era seu extremo oposto. Normalmente calada, apesar de não exatamente tímida, preferia muito mais a companhia dos livros de ficção e de seus cadernos. Fora esse amor pelos livros que, em um primeiro momento, uniu as duas — o que as manteve juntas, contudo, era difícil de precisar.

— Eu sei, Eris, você está radiante em me ver novamente em um evento social. Eu também estou feliz que você esteja aqui para me fazer companhia.

Eris escondeu dentro da bolsa o caderninho que sempre carregava, antes de se virar completamente para Lara com um sorriso no rosto.

— Pensei tê-la escutado dizer que recusaria o convite desta noite.

— Eu, provavelmente, o disse, mas não o fiz.

As duas sorriram mutuamente, começando uma conversa que tinha tudo para não terminar tão cedo se o salão não tivesse, aos poucos, ganhado mais e mais pessoas, e Lara, de quando em quando, não cumprimentasse alguém conhecido. A loira se levantou quando viu a Duquesa Wanthrop se aproximando com um sorriso.

Lucretia havia conhecido Lara alguns meses antes da morte do tio dela. Um ou dois elogios foram necessários para cair nas boas graças da Duquesa, bem como compartilhar com ela alguns comentários que lhe chegaram aos ouvidos, mas Lucretia não era uma mulher de falsas afeições e, de certo modo, se identificara com o jeito franco da mais nova.

— Que alegria vê-la hoje aqui, senhorita Hale. Stella

não mencionou que você havia aceitado o convite para esta noite. Como tem passado, minha cara? Alegro-me que tenha se retirado do luto.

— Eu que me alegro em poder reencontrá-la, Vossa Excelência. — A reverência e o suave aceno de cabeça de Lara fizeram com que a mais velha se animasse. — Espero que Vossa Graça esteja bem e pretenda aproveitar a temporada em Londres. Minha tia insistiu para que eu viesse e venho fazendo muitas de suas vontades.

— Aproveito a temporada como posso, mas tenho certeza que o fato de você se juntar a mim vai torná-la mais interessante. — E, virando-se para Eris, a Duquesa continuou: — Miss Murray, peço permissão para roubar sua amiga por algum tempo, mas prometo devolvê-la em breve.

Não houve tempo para que Eris respondesse à Duquesa viúva antes que esta levasse Lara pelo braço. A mais velha inspirava simpatia em Lara, muito pelo fato de ser uma viúva alegre demais. Lucretia não se fez de rogada antes de começar a relatar os mais importantes acontecimentos do início da temporada que ela perdera, deixando mais do que claro que gostaria de contar com a presença de Lara pelo restante dela.

Era ótimo ter alguém que a informasse de todos os detalhes com tantos pormenores, sem parecer uma velha mexeriqueira e louca por isso. Afinal, uma coisa que aquelas duas tinham em comum era o fato de falarem pelos cotovelos. Ninguém podia dizer que a Duquesa viúva tivesse algum problema de comunicação e, muito menos, a senhorita Hale, e isso era facilmente observável. Enquanto as duas caminhavam pelo salão lotado, nunca o assunto chegava ao fim.

Capítulo 2

O pesadelo de Richard havia começado sem que fosse dada a ele qualquer chance de fuga. O discreto grupo de cavalheiros ao qual ele se unira se dispersou com a chegada de Cassandra Howard, a Duquesa de Norfolk. A Duquesa não era nada próxima a uma criatura doce e tinha um sério problema em manter a língua presa dentro da boca. Fora para ela quem Lucretia havia deixado as intenções do filho sobre casamento escaparem sem lembrar-se das duas filhas da Duquesa, tão adoráveis quanto a mãe. Cassandra não só espalhara a boa nova, como fizera questão de que suas filhas fossem as primeiras a atacar o alvo. Só Deus sabia como as duas o faziam mal.

A mais velha se chamava Anne, talvez Claire ou Bridget. Era uma moça pequena demais para o tamanho dos olhos, que pareciam querer saltar para fora do seu rosto. O vestido amarelo que ela usava, por sua vez, pouco favorecia uma boa impressão quando ela ficava extremamente corada com algum comentário inteiramente despretensioso. A irmã mais nova tinha os mesmos olhos saltados e não havia parado de mastigar um só instante – nem mesmo enquanto tentava passar uma imagem de simpatia, completamente destruída pelos comentários infelizes sobre como as outras mulheres se vestiam, quando ela mesma usava mais babados do que qualquer boa costureira permitiria, se a intenção não fosse fantasiar sua cliente de algum tipo de bolo.

Essas não foram as únicas, e sim as responsáveis por darem início ao ataque. A única conclusão à qual Richard chegara foi: quão mais estranha a garota, mais atrevida ela era – ou, então, era a mãe dela. Se Deus o abençoasse, um dia, com a graça de uma filha, não deixaria que a mãe a empurrasse como um carregamento de bananas estragadas para o primeiro que aparecesse – pelo menos não até ela completar 25 anos, aí sim, talvez, ele devesse se preocupar que sua prole fosse um carregamento desagradável. Tal era a situação, que Richard nunca havia se sentido tão aliviado em ver a própria mãe. Era melhor escapar recorrendo a ela do que atender aos apelos de qualquer uma daquelas garotas para dançar.

– Sinto muito, senhoritas, preciso trocar algumas palavras com a Duquesa.

Foi assim que ele conseguiu escapar, se movendo rapidamente através do salão, como o bom fugitivo que era. Tinha certeza que não conhecia a garota que acompanhava Lucretia e, apesar de tê-lo feito de forma discreta, a observou de alto a baixo. Primeiro, porque não se viam mulheres de estatura similar à sua, e aquela não perdia muito para ele neste quesito. Segundo, ela era linda. Principalmente se comparada ao circo de horrores do qual ele estava tentando escapar. Não estava, era certo, dentro do o padrão que a sociedade poderia considerar como corpo ideal — alguns até a chamariam de roliça, uma impressão ressaltada por sua altura. Possuía, na opinião do Duque, formas vistosas e bastante atraentes. Se sua mãe o queria casar, pelo menos, deveria apresentá-lo às mulheres bonitas, para começar.

Naquele momento, porém, Richard não se sentia tentado a prender-se por belas curvas. Tinha que manter-se atento a qualquer tentativa de levá-lo a mais uma rodada de conversas enfadonhas ou de armadilhas para conduzi-lo ao altar — mesmo que essas viessem de um belo exemplar do sexo oposto.

Lucretia vira o filho se aproximar com um olhar consternado e procurou esconder o sorriso. Estava se divertindo em poder, ao longe, observá-lo ser importunado pelas filhas de Cassandra. As pobres garotas eram suficientemente bem-nascidas, mas ela confiava no bom senso de Richard em não converter nenhuma das duas em sua nora. Tratava-se apenas de uma pequena punição pelos anos que ele a fizera esperar até tomar a decisão de encontrar uma esposa. Sua coragem para deixá-lo solto pelo salão se dava por saber que não se decepcionaria com quem quer que ele escolhesse para começar uma conversa ou, quem sabe, até dançar.

Richard podia repetir o discurso sobre qualquer garota, entre 18 e 27 anos, que tivesse um mínimo de educação e pudesse lhe dar filhos, ter a capacidade de ser uma boa esposa, mas Lucretia tinha seus motivos para não acreditar em uma palavra sequer. O primeiro deles era, até o presente momento, nenhuma dessas garotas ser sua nora. Richard precisaria de alguém com quem pudesse ter o mínimo de diálogo, além de bonita. Que Deus a livrasse da desgraça de ter netos feios. A mais velha só não pôde mais ocultar o sorriso quando o viu analisar sua companhia, satisfeita pela atenção que ele dispensara para a Lara, antes que ela se adiantasse para apresentar os dois.

Lara Hale — pelo menos, Lucretia fizera o favor de apresentá-la a Richard antes de inventar uma desculpa qualquer para se afastar — parecia tão interessada nele como em tudo o que um baile poderia oferecer para uma garota na idade dela. Ela fora cortês, educada e o tratara como se ele fosse mais um na multidão. Talvez, por isso, ele tivesse feito o que a mãe lhe dissera para fazer e garantido a primeira valsa com ela, antes de deixá-la voltar para seu grupo de senhoritas.

Richard não deu tempo para que nenhuma das outras moças se aproximasse dele antes de abordar um desprevenido Lorde Bolton. Ainda tinha muito tempo até a primeira dança da noite, na qual iria recorrer à companhia da mãe. Tinha certeza de que os urubus voltariam a rondá-lo, como se ali houvesse um enorme cervo morto — mesmo que essa não fosse uma comparação exatamente agradável para ele.

Foi com alegria que ele viu a prima e o marido entrarem no salão. Georgeana e Grantham haviam chegado à cidade há pouco mais de dois dias, e aquela era a primeira oportunidade em que tinha a satisfação em vê-los. Henry Rolland, Conde de Grantham, fizera parte do grupo de amigos do pai de Richard e casara-se com a sobrinha mais velha de sua mãe há mais de vinte anos. A simpatia que o atual Duque tinha pelo homem era ainda maior do que a que seu pai tivera.

Georgeana era onze anos mais velha do que ele e costumava arruaçar os cachorros da propriedade de campo contra o primo e o irmão mais novo, Adam, quando ainda usavam calças curtas. Os dois, por sua vez, davam-lhe nós nos cabelos quando ela estava distraída, pintaram de vermelho seu vestido favorito e a usaram como principal alvo de suas traquinagens infantis, na mesma medida em que buscavam suas saias, quando dessas traquinagens resultavam joelhos ralados e braços machucados — aos quais Georgeana tratava com beijos na cabeça e doces para que eles parassem de chorar.

Grantham poderia ajudá-lo com o problema do carregamento de seda, se fosse passar um tempo considerável na cidade, mas o assunto não fora mencionado naquela ocasião. Nenhum dos dois homens, conhecendo bem Georgeana, gostaria de aborrecê-la tratando sobre negócios, principalmente Richard, que gostaria de poder falar sobre como o irmão dela estava lidando com a morte recente da esposa.

— Desisti de tentar convencê-lo a se juntar a nós nesta temporada em Londres, mas você não deveria fazer o mesmo, Richard. Adam está escondido atrás dos livros e da administração da fazenda, mas não poderá fazê-lo para sempre.

— A morte de Laurel ainda é muito recente, esposa. Deixe que o homem sofra o próprio luto.

— Já faz mais de um ano!

Georgeana retrucou, como se aquilo fosse tempo mais que o suficiente para que Adam saísse da propriedade onde estava se escondendo.

Richard, por sua vez, sabia que o primo sentia pela finada esposa mais do que consideração, por isso, preferia não insistir, pelo menos não na primeira temporada após completo o ano de luto, para que ele voltasse a suas atividades habituais, por mais que também estivesse preocupado pelas poucas notícias que tivera dele.

— Eu irei até Kenbury em uma visita se meu primo não tiver deixado a propriedade após o final da temporada.

— Espero que tia Lucretia o acompanhe. Meu irmão talvez precise de um estímulo maior para que deixe a propriedade, nem que seja para fugir dela.

Não havia como tirar os olhos de Richard. Não apenas por ele preencher uma veste social melhor do que a maioria ali, ou ser imensamente rico e ter um par de olhos frios que poderiam aplacar qualquer incêndio — não que esses não fossem ótimos motivos, mas não eram todos —, Lara só não sabia por que exatamente tinha ficado tão impressionada com a presença do Duque. Não ia ter um ataque de nervos na frente dele, mas bastou ficar a sós com Eris para poder beber rápido demais uma taça de vinho e abanar o leque sobre a face afogueada com velocidade.

Um terço das jovens damas bem-nascidas que se aproximaram lhe elogiara a boa sorte, enquanto as demais destilavam seu veneno de inveja por Lara ter conseguido o feito de uma valsa com aquele que fora escolhido como o touro premiado da temporada. Conversara o suficiente com Lucretia para saber que ela queria o filho casado — antes mesmo da morte do tio —, mas jamais o imaginara como um pretendente em potencial. Na verdade, montara uma imagem mental completamente oposta à que lhe fora apresentada naquela noite.

Alguém precisava avisar para a Duquesa viúva que, se ela quisesse casar o filho com alguma boa dama, era melhor não sair espalhando por aí inverdades sobre ele e o gênio difícil que o perseguia. Não que Lara pudesse, de fato, acusar à Duquesa de faltar com a verdade, já que o homem não lhe dera sequer a sombra de um sorriso durante a breve conversa que tiveram, mas ele também não fora descortês. Richard era um Duque, um dos mais bonitos que ela tivera o prazer de ver, mas Lucretia a fizera imaginá-lo como um velho carrancudo sem muito esforço.

Lara dividiu a primeira contradança da noite com Lorde Robert Bradley, o Conde de Belmont, a quem considerava um amigo gentil e atento. Diferente da maioria dos homens que a cortejaram, Lorde Bradley mantivera-se presente durante todo o período de luto de Lara. Os outros — como se soubessem que ela não teria mais dinheiro para pagar o dote — se limitaram a mandar um curto bilhete respeitoso e sumir após isso.

Belmont não chegou a cortejar Lara. Os dois tinham se limitado a conversar sobre os mais variados assuntos após serem apresentados por Eris na temporada passada. Naquela ocasião, Robert, ante a impaciência de Lara para dançar, explicou que não a faria passar pelo suplício de tê-lo como par, já que se julgava incapaz de acertar os passos no salão, ao invés dos pés de sua companhia. Daí surgiu a boa amizade que os unia. Naquela época, Lara riu e constatou com os próprios pés que o que ele dissera era verdade. Por sorte, no ano que se passara, ele fizera novas aulas de dança — uma ou duas vezes, animado por tia Margaret nas visitas que ele fizera ao lar dos Hale, e dançavam juntos na sala da casa dela, enquanto a tia tocava algo menos vigoroso do que a dança que dividiram naquela noite. Seus pés escaparam praticamente ilesos, e, por isso, Lara cumprimentou o amigo com bom humor, sem se incomodar com o rubor que pintara as bochechas dele.

Não tivera pressa em escolher um marido no início de sua primeira temporada — afinal, Lara queria casar, mas por que se adiantar tanto se ela poderia aproveitar? Tinha mais duas ou três temporadas pela frente antes de ser considerada uma solteirona. Após a morte do tio o único tempo que ela precisava era para conseguir guardar algum dinheiro e pagar o próprio dote. Conseguiram cumprir o último contrato em aberto do tio na semana anterior, mas não fora suficiente. A maioria das dívidas havia sido paga, mas precisava encontrar dois ou três bons trabalhos para que pudesse se ver livre do restante delas e ainda arcar com o próprio dote.

Durante os últimos quatro meses, ela não autorizara Hammer a fazer nenhum contrato, mas chegara à conclusão de que não tinha nenhuma outra escolha. Hammer seria o responsável pelas execuções, enquanto ela lidaria com os números. Aquele fora o acordo a que chegaram na semana anterior. Os pensamentos de Lara, porém, estavam longe dos problemas enquanto dançava.

Robert estava prestes a pedir para dançar a valsa com ela, mas Lara não precisou dar-se ao trabalho de negar. Por atenção ou orgulho, Richard não tirara os olhos dela enquanto dançava, e bastou que a última contradança tivesse fim para que ele pedisse licença para a prima com quem dançava e se aproximasse de Lara, estendendo-lhe a mão, com o mais perto de um sorriso que ela vira dele naquela noite.

— Acredito que essa valsa seja minha, meu caro Belmont.

A atitude amigável de Richard, que sorriu para Robert antes de levar a companheira de dança do Conde, era um indício de que os dois se conheciam. O que roubou a atenção do Duque foi o delicado mover de lábios, na forma de um sorriso, com o qual fora presenteado quando ela aceitara sua mão. Ele se aproximou rápido demais, para a surpresa dela, mas quando Lara viu o grupo de quatro garotas que se moveu de modo suspeito pelo salão, em direção de onde ele estava, entendeu que ele estava em fuga, não tentando demarcar sua conquista.

Pobrezinho. Lara riria da situação dele se não fosse tão cômoda para si. Era muito fácil escolher uma esposa quando nenhuma mulher em sã consciência o recusaria. A única oração que ela fazia era para que o defeito dele — porque ninguém é perfeito e ele tinha que ter alguma coisa muito ruim por trás — fosse roncar ao invés de dançar mal.

Não que fosse um grande dançarino, mas Richard se esforçou o suficiente para aprender a não pisar no pé de ninguém. Apreciou a proximidade dos corpos com um sorriso, percebendo que era apenas poucos centímetros mais alto do que Lara, o que dava uma visão perfeita dos traços de seu rosto, além de facilitar a conversa entre os dois. Ela era uma boa dançarina e parecia se divertir em puxar assunto entre um rodopio e outro, e o fato de ele limitar-se a responder com educação não a irritava. Richard se divertia com aquela tagarelice, porque ela não falava somente sobre o clima, as últimas festas ou de quem estava casando com quem — o assunto favorito entre seus abutres habituais —, mas a primeira coisa que ela havia perguntado fora sobre uma matéria acerca do café que saíra no caderno de negócios do jornal daquele dia. A tagarelice dela fazia bastante sentido, mesmo que mudasse de foco muito mais rápido do que ele a girava entre os braços.

O reflexo natural para uma situação de tensão, pelo menos no caso de Lara, era falar, e ela mal o parou de fazer. Estava aliviada pelo defeito do Duque não ser, de fato, dançar mal. O pobre Robert jamais o faria tão bem como o Duque de Wanthrop e seus pés jamais aguentariam duas danças seguidas com Robert. Quando a valsa acabou, eles se distanciaram com a cortesia habitual e ela o cumprimentou com uma reverência discreta.

— Obrigada pela dança, Vossa Excelência é um par notável.

— Eu quem agradeço a senhorita pela cortesia. Se me permite o cumprimento, é uma exímia dançarina com a qual espero poder dividir outra dança em breve — ele falou com um tom cortês que a fez sorrir, antes que ela pudesse observar o semblante dele tornar-se preocupado de repente.

O motivo desta preocupação, como ela pôde constatar segundos depois, eram as figuras das irmãs Howard se aproximando dos dois a uma velocidade assustadoramente alta. Ele fugiria. Estava escrito no olhar do Duque que, se fosse apropriado, ele sairia correndo do salão como um cervo acossado. Ante a expressão dele, porém, foi ela quem falou algo inapropriado, sem querer que ele se afastasse tão depressa.

— Eu espero que possamos repeti-lo agora. Não quero perder todas as contradanças sentada em uma cadeira.

Richard tinha dificuldade em tirar os olhos das irmãs que se aproximavam. Elas requisitariam uma dança de um modo sutil, mas deixando-o sem alternativa que não a de se revezar entre as duas, que, pelos comentários de Bolton, eram tão boas dançarinas quanto um par de pinguins desengonçados. O convite de Lara o pegara de surpresa, enquanto Richard esquadrinhava o salão em busca da mãe ou da prima, e fora uma tábua de salvação. Ela era agradável e ele não estava em condições de negar nada para aquele sorriso petulante, muito menos quando os dois abutres se aproximavam rapidamente.

— Não se importa com o que possam comentar, senhorita Hale?

— Você se importa? — a pergunta veio logo em seguida.

Lara não disfarçava o olhar para as irmãs, que já estavam a poucas passadas dos dois. A única resposta que ela obteve foi ele tomar seu lugar junto aos outros homens de modo que os dois pudessem voltar a dançar.

Foi o pobre Robert quem teve que dançar com a mais velha das Howard, como os dois puderam ver pouco depois. Ele, que parecera tão avançado em suas técnicas quando dançou com Lara, agora mais lembrava o participante de uma batalha ao tentar acertar os passos.

O assunto entre os dois fluiu melhor, em parte pelo fato de que ela estava mais calma, e ele mais disposto a participar do diálogo. Richard se surpreendeu quando percebeu que estava discutindo com ela o preço do algodão e que, ao que tudo indicava, a mulher não estava meramente fazendo de conta que entendia. Ao final da dança, quando se distanciaram, Robert ainda tentava se entender com seu par, enquanto a outra moça não se via nas proximidades da pista de dança.

— Serei eternamente grato, senhorita Hale.

Ela não esperava que ele puxasse sua mão para um beijo casto, durante uma reverência educada, antes de se afastar, mas foi o que Richard fez, trazendo um sorriso largo aos lábios de Lara antes de ela buscar assento ao lado de Eris. Não pôde ver quando Lucretia se aproximou do filho com um sorriso satisfeito nos lábios.

— Eu conheço esse sorriso. Por favor, minha mãe, abstenha-se de fazer comentários. Pelo menos por agora.

A pose de ofendida de Lucretia não poderia ser mais crível para alguém que não a conhecesse, mas Richard podia ver o brilho travesso no olhar dela, o que significava que, se ele não estivesse em apuros, estaria em breve.

— Eu jamais faria qualquer comentário que pudesse constrangê-lo. Não entendo essa mania que você, meu filho, tem de me tomar como vilã. — Voltando para sua postura habitual, ela mudou de assunto, sabendo que, na hora certa, poderia abordá-lo sobre as danças com a senhorita Hale. — Já viu sua prima? Georgeana e Grantham chegaram há pouco.

— Dancei com Georgeana mais cedo. Ela e Grantham me falaram sobre Adam.

— Espero que você mantenha a promessa de visitá-lo ao final da temporada — Lucretia disse sem completar seu pensamento de que seria uma boa chance de a nova Duquesa de Ackerley conhecer parte da família.

Lara apenas tornou a ver o Duque quando já tinha sobre o vestido sua capa, preparando-se para partir.

Richard pediu licença antes de se afastar dos amigos, como ela pôde observar do salão de entrada, parando ao seu lado, enquanto ela esperava a carruagem que a levaria para casa.

— Gostaria de agradecê-la, mais uma vez, pelas danças, senhorita Hale. Espero que possamos nos encontrar em breve.

— Fui convidada para o baile dos Croft e sinto-me inclinada a aceitar o convite. A Duquesa me confidenciou que ela também foi convidada, o que me leva a crer que será a oportunidade mais breve que terei para vê-lo.

Ele recebera o tal convite para o baile na semana anterior, mas não lhe deu muita atenção, já que sua mãe já se considerava suficientemente vitoriosa por conseguir que ele aceitasse o convite para o baile daquela noite. Qualquer dúvida que pudesse haver sobre sua presença, depois da informação de que ela era uma das convidadas, já não mais existia. Não perderia a chance de conhecê-la um pouco melhor.

— Acredito que tenha razão. — Ao ver que a carruagem dela havia chegado, acrescentou: — Boa noite, senhorita Hale.

Tomou a mão dela entre as suas e beijou seus dedos cobertos pela luva, somente relutando por não poder sentir a textura de sua pele antes que se afastassem com uma pequena reverência. Ela contaria com a ajuda do valete dos Clare para subir na carruagem.

Na manhã seguinte, Lara foi surpreendida ao se deparar com um enorme ramalhete de flores ao acordar, e um cartão que dizia, com a caligrafia forte e masculina: *Com os cumprimentos de Wanthrop.*

Definitivamente, Richard Ackerley não queria ser esquecido até o baile dos Croft.

Capítulo 3

O escritório não estava lotado, mas a presença de Ackerley, Grantham e do Conde de Warthfall, Brandon Lilburn, era suficiente para fazer qualquer campo aberto parecer um pequeno cárcere, ainda mais se os três discutiam negócios. Lilburn era um homem tão alto quanto Richard. Grantham, ainda que baixo, tinha ombros largos o suficiente para compensar a diferença de tamanho. Nenhum deles levantou a voz em momento algum, mas a tensão na atmosfera era tangível. Richard tinha as sobrancelhas levemente arqueadas, enquanto lia um relatório. Os dedos de Grantham tamborilavam na madeira da mesa. Lilburn, o mais inquieto dos três, caminhava de um lado para o outro na frente da janela, observando o movimento da rua com certa impaciência, até finalmente tornar a falar.

— Eu entendo os seus receios, Wanthrop, mas denunciar o caso à polícia não trará sua seda para Inglaterra, pelo menos não como sua. Tom Hart trabalha para a Coroa, meu caro, e eu não vejo melhor solução do que um ladrão esperto para pegar outro.

— Você me manda roubar algo que é meu por direito! Vou ter que pagar novamente por algo que já comprei, sem ter certeza de que esse tal de Hart não irá me enganar — Richard contradisse, com o cenho ainda mais franzido, o que deixava uma enorme ruga em sua testa, baixando o papel que tinha nas mãos com certa violência.

Grantham interrompeu a fala de Warthfall antes mesmo que ele a começasse, tentando, mais uma vez, apaziguar os ânimos.

— Richard, o homem tem uma reputação impecável em seus trabalhos.

— Eu não vejo como forma de trabalho roubar alguém, meu caro Henry.

— Mas o é. Nós devemos convir que até a Coroa já reconheceu como o sendo. Não cabe a você questionar isso. Siga o conselho de seus amigos, procure John Hammer, ele responde por Tom Hart. Isso não vai desonrá-lo e será sua melhor chance de conseguir suas sedas de volta.

Richard revirou os olhos em um gesto de impaciência, enquanto Grantham levantava de sua cadeira e Lilburn acertava sobre os cabelos negros a cartola, já se aprontando para sair. Richard pedira uma solução para os amigos, mas aborreceu-se tanto com a que lhe foi oferecida pelos dois que estava quase arrependido por ter pedido ajuda.

Lucretia tinha certa razão em comentar sobre o gênio do filho. Depois de passar a manhã discutindo, passaria o resto do dia mal-humorado — principalmente porque sabia que seus amigos tinham razão. Se quisesse ver sua carga de volta, sem ter que a comprar pela segunda vez de quem a tivesse roubado, tinha que contratar um mercenário e virar ele próprio o ladrão.

Não era apenas uma questão de diminuição do lucro que teria com a venda, mas de orgulho. Chegou à conclusão de que queria aquela carga, mesmo que fosse apenas para tê-la guardada em seus armazéns ou jogar peça por peça do tecido ao mar. Não daria a ninguém o gosto de passar a perna nele. Richard não estava acostumado a ser passado para trás, e tendia a não reagir muito bem quando o faziam. Acabou por ele próprio levantar, vestindo novamente a casaca e colocando o chapéu sobre os cabelos, antes de se dirigir à porta com os amigos.

Não precisava falar para que os dois soubessem que ele refletiria sobre o assunto, mas os três sabiam que sua decisão já estava tomada. Bater o pé como uma criança teimosa não faria que nenhuma seda brotasse do chão, então, era óbvio que Richard procuraria o mercenário. Era saber que estava tão encurralado como um rato entre um gato e uma ratoeira que deixava Wanthrop realmente nervoso.

Richard e Grantham se despediram de Lilburn na porta do prédio onde o primeiro mantinha o escritório. Era mais prático manter na Upper Pool todos os seus contatos comerciais do que levá-los para casa. Após a morte do pai, Richard ainda tentara trabalhar em Ackerley, como chamavam a residência oficial da família em Londres, mas acabara por entender com perfeição o porquê de manter os negócios longe de Lucretia. A Duquesa tendia a reclamar do entra e sai de marinheiros barulhentos em sua casa, mesmo que jamais um marinheiro tivesse posto os pés na propriedade da família. Sem contar a praticidade de estar perto de toda a movimentação comercial da cidade, mesmo que não fosse uma área conhecida por sua nobreza. Os negócios não eram um entretenimento para a nobreza, nem mesmo uma atividade considerada honrada para ela.

Isto não impedia que Richard considerasse tolo o homem que deixava suas terras ruírem ante os escrúpulos do não trabalho em qualquer atividade que deixasse de se referir diretamente a elas.

O almoço daquele dia seria na casa de Grantham, já que mais cedo este comunicou Richard da intimação feita por Georgeana. Apesar da diferença de idade entre os dois, sendo ele quase quinze anos mais velho que a esposa, havia um enorme respeito entre ambos, além de uma devoção inequívoca da parte de Grantham para com Georgeana.

O que os dois sabiam sobre Georgeana é que, por mais doce que se mostrasse, não era uma mulher a quem se podia contrariar facilmente — como qualquer mulher daquela família. Normalmente, o casal e sua prole — três rapazes robustos e uma garotinha de apenas sete anos de idade — se refugiavam no final do outono e durante todo o inverno em Plumfield, a propriedade ao sul de Devonshire, que pertencia à família de Rolland há mais tempo que Richard pudesse contar nos registros, deixando os festejos sociais de Londres apenas para quando o clima estivesse mais agradável.

Enquanto Richard era forçado a desviar seus pensamentos dos negócios para dar a devida atenção à prima, Percivald Fleming caminhava a passos duros pela Lower Pool, procurando por um navio em específico.

O Little Pearl não fazia mais viagens, mas quase que toda semana mudava o lugar onde estava ancorado. Era o escritório flutuante de um dos mais conhecidos mercenários de Londres. Defoy não era um homem fácil de negociar. Ganhara uma fortuna roubando cargas e as vendendo a custos altos nos portos de toda a Europa, mas jamais largara seu primeiro navio, os maus modos e as roupas sujas de pirata.

Não havia muitos homens de boa índole naquele porto – por mais que a boa índole de qualquer um ali fosse questionável – que faziam negócios com Fleming. Percivald esperava que a carga de sedas estivesse em seu poder há muito tempo, mas, contrariando todas as suas expectativas, Defoy não parecia com o mínimo de pressa em tirar a carga de Southampton, onde estava, supostamente, guardada em um depósito.

Encontrou o Little Pearl ancorado perto de outro cargueiro e não demorou a embarcar. A tripulação não era grande e já o conhecia. O primeiro imediato, a quem todos chamavam de Billy T., cuspiu no mar quando viu a figura roliça de Fleming, mandando-o esperar, enquanto descobria se Defoy podia recebê-lo. Claro que aquilo era uma afronta grande demais para ser aceita calada, e Fleming só não seguiu o primeiro imediato porque um dos homens da tripulação bloqueou seu caminho, mostrando a pistola que carregava na cintura.

Apesar da audácia daquele velho ladrão, Fleming sabia que nenhum daqueles homens recearia em atirar e jogar seu corpo como alimento para peixes. Melhor esperar, mesmo que resmungasse seu descontentamento para o vento fétido, enquanto oscilava o peso de seu corpo avantajado entre uma perna e outra.

Billy T. demorou a voltar, não dando nada mais do que um curto aceno de cabeça para que o homem que bloqueava a passagem se afastasse imediatamente. A cabine do capitão tinha duas escotilhas sujas e fedia a mistura de rum com tabaco. Não era, de modo algum, um exemplo de organização, mesmo que Defoy fosse capaz de listar todos os itens que se encontravam em sua cabine, assim como dar sua exata localização.

Um homem tem que saber onde deixou o que é seu. Esse seria um excelente ditado se o homem que o repetia não fosse um pirata que tinha certeza de que todo o mundo lhe pertencia.

Defoy não gostava de Fleming, assim como não gostava de nenhum estúpido que lhe tentava passar a perna. Fleming ainda não fora tão audacioso — afinal de contas, ainda estava vivo —, mas Defoy não duvidava que ele pudesse tentar. O corpo de Fleming era inchado em suas vestes — simples se comparadas com o estilo pavoneado ostentado por ele em eventos sociais, mas ainda aristocráticas. Tinha os cabelos perfeitamente alinhados e as mãos macias com unhas limpas, denotando um homem de posses. Defoy, por sua vez, tinha o corpo esguio e rápido. As pernas muito finas evidenciavam uma estranha curvatura nos ossos das canelas. Devido à baixa estatura, poderia ser confundido com alguém de pouca idade; os fartos cabelos negros colaboravam para tal impressão equivocada, mesmo que a pele fosse bastante enrugada ao redor dos olhos e escura devido aos anos tomando sol.

Sentado em uma cadeira grande, feita de alguma madeira nobre que Fleming não conseguia identificar, Defoy parecia entretido com os papéis que lia, mas nem por isso deixou de acenar de modo desinteressado para que Fleming sentasse. Billy T. colocou-se atrás da cadeira do chefe, quase como uma estátua, mas atento a qualquer movimento do outro. Percivald odiava a presença do capanga, mas não tinha como livrar-se dele. Mesmo que os dois negociassem juntos há quase três anos, em nenhum momento a convivência se tornara mais agradável.

— Trouxe meu dinheiro? — Defoy perguntou, sem desviar os olhos dos próprios papéis. Ele lia pousando os olhos demoradamente em cada palavra, por vezes, sussurrando uma ou outra para si mesmo, como se estivesse se certificando acerca do som daquilo que estava no papel, mas nunca alto o suficiente para que quem quer que estivesse perto dele soubesse do que se tratava.

— O nosso trato era você me dar as sedas e depois eu lhe dar o dinheiro. Não o contrário.

— Isso foi antes de você tentar me dar um cano no último carregamento. Posso muito bem ficar com as sedas para mim e vendê-las a um preço muito melhor do que o que fiz para você. Me ajudaria a lidar com o prejuízo que você me deu na última vez.

— Mas eu paguei você!

— Depois de matar um dos meus homens. Não imagine que eu esqueci isso, Fleming. Além do que, o navio que está com as sedas precisa de alguns reparos antes de chegar a Londres, e é sua responsabilidade custear isso.

— Não é minha culpa se seus homens são incompetentes!

— Meus homens sabem o que fazem, ao contrário de você, que não sabe o que diz.

Defoy levantou o rosto fino, olhando com desprezo o homem à sua frente. Fleming não tinha respeito a ninguém, nem mesmo quando era ameaçado. Aquele era um homem que merecia uma lição.

— Saia do meu barco e só volte quando estiver com o meu dinheiro. Você tem duas semanas.

— Isso não acabou por aqui, Defoy — ele respondeu, indignado.

Levantou-se desajeitado e saiu a passos duros da sala sem esperar que Billy T. o acompanhasse. O capitão e seu subordinado se olharam por alguns segundos, antes que o primeiro imediato tornasse a deixar seu superior a sós com a leitura.

Fleming voltou a caminhar pelo cais, com impaciência, sem ligar para os tipos que atravessaram seu caminho até a chegada na Upper Pool, onde poderia pegar uma carruagem de volta para casa. Algumas prostitutas se oferecendo para os marinheiros que acabavam de desembarcar. Três mendigos sentados lado a lado, comendo alguns restos provavelmente oferecidos por algum passante.

Antes que encontrasse seu transporte, cruzou com um homem de vestes elegantes, também caminhando com pressa, sem prestar atenção aos prédios comerciais, aos quais, via de regra, os homens assim vestidos se dirigiam, mas aos barcos, nos quais poucos deles entravam.

Também não atentou para uma capa feminina simples e de cor escura, passando pelas pessoas de modo cuidadoso rumo à suja Lower Pool, sem que nenhum rosto ou pedaço de pele de quem a vestia pudesse ser visto.

Capítulo 4

A passagem do tempo fez Lara perceber que o navio não era tão desagradável quanto parecera de início.

A primeira vez que esteve ali fora três meses após a morte do tio. John Hammer havia ficado responsável por esvaziar o pequeno escritório perto do cais, onde o finado costumava guardar todos os documentos relacionados ao contrabando, e fazer a mudança para o brigue que estava aportado desde duas semanas antes da morte do seu dono. Há meses já não havia nenhuma carga na embarcação e a tripulação não passava de quatro homens, todos de inteira confiança de John, e nenhum saía do navio com frequência.

Nessa primeira visita, ela tivera que rever com John todas as contas dos últimos meses, tentando descobrir qual o valor real da dívida deixada pelo tio. As outras poucas vezes foram tentativas de pagá-la por inteiro com os fundos existentes.

Os dois sabiam que o cais não era um lugar seguro

para uma dama, e ainda mais inseguro para a reputação de uma que pretendesse um bom casamento nos altos círculos sociais. A falta de opção fez Lara usar um vestido discreto e uma capa puída com o largo capuz para lhe esconder o rosto. Saiu de casa em uma carruagem de aluguel, que foi cuidadosamente apanhada a alguns quarteirões de distância. Só podia esperar que não fosse abordada e, muito menos, reconhecida por alguém, enquanto andava pelo porto de modo apressado. A pequena nota de John, escrita com uma letra tão rápida que ela mal pôde decifrar suas palavras — não que tal tarefa fosse fácil, mesmo quando ele escrevia com certa calma — só deixava clara a urgência dele em vê-la.

Olhou para os lados mais de uma vez antes de embarcar sem a ajuda de qualquer dos homens que trabalhavam no convés, que se limitaram a deixá-la seguir seu caminho até a cabine do capitão. Lara bateu apenas uma vez na madeira da porta antes de entrar, ficando surpresa ao perceber que Hammer não estava sozinho, ainda que da porta só pudesse ver as costas de um terno barato — tão ou mais do que os que o próprio Hammer usava. Por um segundo ficou tensa, pensando em sair dali com rapidez, mas Hammer calou-se no momento em que ela pensou em fazê-lo, abrindo um sorriso curto antes de se dirigir a ela.

— Não se preocupe. Quero que você conheça uma pessoa.

Havia algo estranho naquele homem de longos cabelos pretos e lisos que ela não soube precisar. O terno mal cortado estava sobre uma camisola visivelmente frouxa, o que dava à sua figura mais volume do que ela teria. O rosto era tão escanhoado que se parecia com o de um menino, mas Lara teve certeza de que aquele homem, um pouco baixinho, queria aparentar mais idade do que realmente tinha quando ergueu os ombros e estendeu-lhe a mão, ainda que tal gesto fosse rude para com uma dama.

— Capitão John O'Nell, *Milady*. Ao seu dispor.

O nome não lhe era estranho, o que a fazia pensar que talvez seu tio ou Hammer já tivessem comentado algo acerca daquele homem alguma vez. A voz dele era estranhamente calma e um pouco menos grave do que ela esperava, mas o aperto de mão foi firme quando Lara lhe devolveu o cumprimento sem nenhuma hesitação. O sorriso que ele lhe deu era claro e contornado por lábios relativamente finos, parecendo um pouco mais contido, ainda que os olhos quase sumissem, enquanto seus lábios permaneciam curvados.

O'Nell não lhe cobrou o nome e nem pareceu se espantar por ela não o dizer. Apesar da falta de naturalidade, Lara sentou-se quando ele lhe puxou a cadeira que ficava atrás do birô. Hammer explicaria o que estava acontecendo ali e por que ela fora apresentada a uma pessoa completamente desconhecida que poderia entregar seu segredo.

— Primeiro, eu gostaria que você confiasse em John. Ele é capitão do Little Mindy há alguns anos e um companheiro leal. Expliquei sua situação mais cedo e confio que ele perderia as duas mãos antes de contar seu segredo para quem quer que fosse.

Lara meneou a cabeça em um gesto positivo, sabendo que qualquer homem que merecesse um comentário daqueles de Hammer também fazia jus à confiança que lhe era entregue. Antes mesmo que ela pudesse se voltar para Hammer, depois de oferecer um cumprimento mais gentil ao rapaz, o velho começou a explicar acerca do novo contrato. Não parecia nada demasiadamente complexo. Uma pequena carga de chá perdida por algum comerciante descuidado, que agora pedia auxílio para recuperá-la. Pelos comentários, tal carga seria revendida para contrabandistas no mar da Escócia por um preço realmente baixo. Sequer precisariam roubá-la de novo. O comerciante estava disposto a pagar novamente pela carga, mas não queria seu nome, seus homens ou seus navios envolvidos com contrabandistas.

— Pensei em usar os homens de John neste serviço. O navio dele é grande e bem equipado, o único em quem eu confiaria, além do nosso, para qualquer tarefa. Grana boa e limpa, mesmo com o que pagaremos ao senhor O'Nell.

— E por que nosso navio não fará o serviço?

A percepção de que não parecia correto discutir aqueles assuntos na frente de um desconhecido fez com que Lara calasse a boca logo depois que a pergunta lhe escapou, olhando para os dois homens de modo significativo. O'Nell não parecia ofendido ao sorrir, afastando a cadeira e fazendo uma curta mesura.

— Não seria mau que eu esperasse na proa enquanto vocês dois discutem.

Mais uma vez, algo nele a incomodou, ainda que não imaginasse se tratar de uma pessoa ruim. Hammer esperou que a porta da cabine fosse novamente fechada antes de respondê-la.

— Eu precisaria contratar mais dez homens e fazer alguns reparos no brigue. Não me sinto confortável em deixar este navio levantar âncoras sem que eu esteja nele, nem com todos os documentos que guardamos aqui. — Com um suave corar no alto das maçãs do rosto, ele continuou: — Também não gostaria de deixá-la sozinha por enquanto.

Lara sorriu com o cuidado demonstrado pelo melhor amigo do tio, mas não mudou o foco do assunto.

— Em quanto tempo poderíamos resolver isso usando o nosso navio?

— Com o tempo de reparo? Duas ou três semanas, mas eu teria que começar com os reparos amanhã.

— Os custos seriam menores?

Lara sabia que repassar um contrato para outro navio tendia a ser menos vantajoso do que executá-lo por si só. Aprendeu isso ainda com o tio, que só repassava os contratos quando suas embarcações já estavam ocupadas ou não poderiam cumpri-lo por tratar-se de um barco inadequado para as necessidades do negócio em questão. Hammer suspirou, sabendo a resposta.

— Eu diria que equivalentes, já que não temos uma tripulação, mas eu poderia fazer com que diminuíssem.

— Pergunte ao capitão O'Nell se ele poderia dispensar alguns homens dos quais você precisará. Ele será pago pelo incômodo. Amanhã você começará a reparar o navio e quero alguém de confiança para transportar os livros de cálculos mais importantes para minha casa antes que você parta. De preferência, alguém que não saiba ler.

— Ele, provavelmente, poderá nos ajudar. Você pode fazer a proposta, se for a sua palavra final.

Ela balançou a cabeça e sorriu. Não podia dar-se ao luxo de gastar mais do que o necessário em um contrato simples, nem mesmo um bom homem em uma missão que, pelo que Lara percebera, não estava à sua altura. Repassar para um navio maior algo que eles poderiam fazer era um aumento de custos ao qual não poderiam se dar ao luxo depois de passar os últimos meses contando cada moeda que achavam pelo caminho.

— Vou chamar O'Nell de volta. Gostaria que vocês se conhecessem e que você passasse a confiar nele.

— Você confiar nele, para mim, é suficiente. Espero que precisemos realmente dos serviços do capitão até o final da temporada.

Hammer tinha um passo firme, que parecia poder quebrar o barco a cada pisada. Talvez não fosse uma boa ideia pedir que ele comandasse o barco e se ausentasse durante duas semanas. Não tinha outro homem em quem pudesse confiar. Talvez o próprio Hammer conhecesse alguém que pudesse comandar o navio em seu lugar, mas havia assuntos mais imediatos a serem resolvidos.

Os dois homens retornaram juntos para a cabine, interrompendo os pensamentos de Lara. O'Nell parecia mais um pouco assanhado e ria de algum comentário de Hammer que ela não pôde ouvir.

— *Milady* — ele disse de modo educado antes de voltar a sentar-se de forma desengonçada. Hammer sentou-se logo após, os dois de frente para ela.

Aquele era um grupo peculiar, Lara chegou à conclusão. Toda sua vida estava estranha após a morte do tio, por isso não cabia a ela espantar-se com muita coisa naquele momento. Hammer manteve-se calado, deixando que Lara cuidasse da situação.

— Capitão O'Nell, eu não poderia ficar mais grata pela ajuda que nos vem oferecendo, e creio que não se decepcionará. Acredito ser mais prudente levantar âncora do meu próprio navio para um serviço tão simples.

Ela o estava adulando, e Hammer percebeu. Era mais fácil notar as pequenas armações de Lara quando não se era vítima delas. O mais velho sentiu vontade de rir, mas segurou-se para não o fazer, somente pelo fato de que sabia que o mais provável era O'Nell não cair nas artimanhas daquele par de cílios longos, bem como também não se sentiria ofendido por ser parcialmente dispensado. Hammer voltou a prestar atenção no que era dito, sem querer perder nenhuma palavra ali. Por mais que não admitisse, Lara era sim uma boa negociante.

— Gostaria de saber se o senhor poderia dispor de alguns homens que pudessem ajudar Hammer a levar este navio para o mar. Pessoas confiáveis que queiram ganhar uma boa recompensa por um serviço fácil, mas dispostas a trabalhar o suficiente para merecê-la. — E, depois de uma pausa, ela continuou: — Decerto, poderíamos compensá-lo pelo transtorno.

O'Nell ouviu com atenção as palavras faladas em voz macia, e a sua risada, quando ela acabou, foi alta, o que o fez levar a mão à boca, enquanto Lara arqueava as sobrancelhas. Ele precisou de alguns segundos antes de conter-se, mas primeiro falou com Hammer.

— Você tinha razão quando disse que ela era boa. — Com isso, voltou-se para ela. — *Milady*, eu devo muito ao seu tio e ao Sr. Hammer e os meus homens são seus para servi-la. Hammer conhece bem a minha tripulação e pode ver quais deles gostariam de acompanhá-lo.

O'Nell parecia bem mais relaxado, e, com isso, sua voz assumira um tom pouco mais feminino. Ainda estava pensando em que o capitão lhe parecia estranho, quando Hammer começou a falar.

— Na verdade, O'Nell, eu gostaria de saber se o garoto do Steve já pode controlar um navio. Não gostaria de sair de Londres, mas precisaria de alguém de confiança para comandar a tripulação.

Lara o observou franzir a sobrancelha por um tempo, como quem reflete acerca de algo complicado, provavelmente sobre o marujo a quem Hammer se referira.

— Eu teria que indicar alguns homens mais jovens para o restante da tripulação se Brian se ausentasse, mas ele dá conta — ele terminou, com um sorriso, e Lara, mesmo que não soubesse sobre quem estivessem falando, sabia que aquela era uma boa resposta.

Observou O'Nell se esticar na cadeira e só então percebeu a estranheza que via nele, lembrando-se de uma antiga história que seu tio lhe contara. Não conseguiu segurar o riso, fazendo com que, daquela vez, fossem os dois homens que lhe olhassem com surpresa.

— Agora eu sei por que você me parece tão estranho! Meu tio me disse, mas eu não tinha ligado o nome à história. Você é a capitão mulher! Eu nunca imaginei que fosse conhecê-la um dia.

O'Nell sorriu, balançando a cabeça positivamente, sem se ofender pelo fato de ela ter descoberto seu segredo.

Não era difícil enganar os homens com aquele disfarce. As outras mulheres, no máximo, precisavam de algumas horas para perceber que havia algo estranho naquele "homem". Se já houvesse ouvido falar de sua história, não demoravam muito a fazer a mesma associação feita pela dama à sua frente.

Jamais se vestia como uma mulher. Sequer gostava de vestidos e tinha apenas um escondido no fundo de seu baú. Não havia traje mais fácil para se trabalhar em um navio do que calças e uma camisa. Seu maior incômodo era com as faixas que usava para ocultar os seios, mas era um preço pequeno a pagar, se comparado com os apertados espartilhos das moças da sociedade.

— Agora que você descobriu o meu segredo, sabe que o seu estará seguro comigo.

Lara acenou de modo agradecido.

— Qual o seu nome verdadeiro? Eu não posso acreditar que sua mãe a tenha batizado de John.

— Joanne. Mas eu não poderia andar de calças e me apresentar deste modo. John é um nome prático.

Lara sorriu e Hammer levantou-se, sabendo que não haveria muito de negócios nas próximas horas para aquelas duas. Lara era uma grande tagarela, e isso era bom quando ela pretendia fazer amigos. O'Nell precisava de contato com alguma mulher de quando em quando. Hammer tinha certeza de que uma garota seria boa para a outra, por isso não se preocupou em deixá-las sozinhas enquanto ia para o convés fumar um cigarro.

Capítulo 5

O clube de cavalheiros tinha a prerrogativa de quase sempre ser um local agradável, principalmente quando se queria fugir dos problemas cotidianos. Richard tinha um copo de *brandy* à sua frente e lia concentrado o jornal daquela manhã, sem ter que lidar com as constantes interrupções de sua mãe fazendo insinuações desnecessárias. Dava a si mesmo o prazer de não se importar com nenhum problema, pelo menos por algumas horas. Tinha seu *brandy* e seu charuto. Assim estava feliz.

— Eu espero não ser uma interrupção inconveniente.

Brandon Lilburn tinha um talento especial para fazer com que aquele tipo de frase sempre soasse um pouco falso. Naquele final de tarde, este talento pareceu ainda mais apurado, o que fez o *brandy* travar na garganta de Richard. Sentou-se à mesa mesmo sem ser convidado, um dos problemas comuns entre grandes amigos, e

Richard não se incomodou em abaixar o jornal para cumprimentá-lo como era devido, uma contraprestação adequada pela intimidade entre os dois. Apesar da interrupção abrupta, quase sorriu antes de terminar a matéria que o entretinha. Poderia ser pior, segundo sua própria experiência, mas sabia que a mãe jamais ousaria invadir um clube de cavalheiros.

— A que devo a honra? — perguntou, dobrando o jornal e colocando-o ao lado da sua taça de *brandy*. Desviou o olhar para o amigo, que tamborilava os dedos na mesa sem se preocupar em não parecer impaciente, apesar de manter um sorriso irônico no rosto.

— Meu administrador me informou que tenho uma ótima carga de fumo a ser descarregada em breve. Pensei ser uma boa distração para os seus negócios.

Richard fechou um pouco a expressão. A carga de fumo realmente lhe interessava, mas sabia o que Brandon queria dizer com distração para os negócios, bem como podia supor que o amigo não demoraria a entrar no assunto que mais lhe importava. Havia sim chegado a uma decisão quanto a contratar o contrabandista, mas não sabia se queria compartilhá-la naquele momento. O orgulho masculino o fez decidir-se por procurar o tal mercenário, mas a alternativa ainda feria o mesmo orgulho masculino que havia mostrado esta como a única opção viável.

— Gostaria que um dos meus homens fosse ver a carga tão logo a mesma esteja em terra. Mandarei uma pequena missiva para o meu administrador, antes de sair daqui, para que ele procure o seu.

O Conde anuiu com um menear de cabeça, cruzando as mãos sobre a mesa.

— Já não tenho mais idade para este tipo de suspense, Wanthrop. Você irá ou não procurar Hammer?

Brandon teve o bom senso de baixar o tom de voz. Os

polegares batiam um no outro enquanto ele aguardava uma resposta. Mesmo não querendo respondê-lo, Richard sabia que o amigo não descansaria até arrancar-lhe uma resposta. Seria melhor falar tudo, enquanto estavam a sós, do que envolver mais pessoas do que o necessário. Brandon seria de grande valia naquele assunto, já que não via problemas em firmar pequenos negócios escusos quando eram de seu interesse. O pensamento, entretanto, não impediu que a carranca do Duque aumentasse.

— Eu irei procurar o tal homem, mas decidi fazê-lo apenas após o baile dos Croft. — O tom de voz usado foi mais baixo, e Brandon riu ante a resposta.

— Algum motivo especial para definição do marco temporal? Espero que não seja uma distinta dama de cabelos louros com a qual você dançou no último baile. — Brandon sorriu, servindo para si mesmo uma dose do *brandy* antes de encher a taça do amigo. — Os comentários já começaram a se espalhar.

Richard virou o conteúdo do copo para evitar uma resposta ofensiva. Sua decisão não tinha relação com a Srta. Hale. Ainda assim, o comentário de Brandon não o agradou. Por Deus, foi ao clube para fugir da impertinência da mãe a agora tinha que lidar com o atrevimento do único homem em todo o Reino Unido que tinha coragem o suficiente para se manter por perto enquanto Richard estava aborrecido.

Começava a pensar não ter sido uma boa troca. Se permanecesse em casa, estaria ouvindo a porta do escritório ser aberta a cada dez minutos, apenas para que Lucretia exercitasse a arte de fazê-lo perder a paciência, enquanto se utilizava de suas habituais evasivas para saber o que o filho pretendia fazer em relação à Srta. Hale. Como se não bastasse Lucretia, saber que os demais pares da sociedade também comentavam acerca de sua conduta no baile não era agradável, por mais que Richard admitisse que ela não se mostrara a mais adequada. E ele, de fato, não era conhecido por suas inadequações.

— O que você ouviu?

Admitia para si mesmo que se utilizou de um convite imprudente de Lara Hale para fugir de uma situação que lhe seria desagradável. Seu aceite fora a confissão de sua culpa, ainda maior do que o prazer sentido com a companhia da mulher.

— Eu esperava ser você quem me contasse os detalhes. Senhorita Hale, pelo que me lembro, é uma moça bonita, excessivamente curvilínea, se é que me entende. É o simples fato de você ter decidido dar atenção a uma garota que me surpreende.

— Procura me ofender ao falar com esse tom. Assim como ofende uma dama a quem sequer conhece.

Brandon riu da própria insinuação de que ele não gostava de mulheres, mesmo sabendo que não poderia haver maior mentira do que aquela. Sempre divertiu-se com o fato de o amigo jamais se ter dado a exageros com amantes habituais, apesar de reconhecer o fato de que esta contenção o ajudava a manter as contas em dia. Os casos de Richard eram rápidos, eventuais e cuidadosos demais para que qualquer rameira o acusasse de tê-la engravidado. Ele jamais fora dado a chamar para si muita atenção, por mais que as atenções gostassem de se voltar para um jovem Duque solteiro e com uma fama de extremamente correto, ao contrário do amigo que sentava à sua frente.

— Não perca seu precioso tempo ofendendo-se com um velho amigo e me diga se pretende ceder às pressões de sua adorável mãe para casar-se.

— Eu já passei dos 30, Warthfall. Não posso me dar ao luxo de chegar aos 40 sem um herdeiro. Veja o que aconteceu ao Adam.

Os dois copos foram levados aos lábios praticamente

ao mesmo tempo. Brandon conhecia o primo de Richard e até mesmo assistira ao casamento dele dois anos atrás. Fora uma indubitável tragédia o fato de a jovem Condessa e o bebê que ela carregava morrerem no parto. Nesses momentos, Brandon sabia que tivera sorte. Sua própria Condessa não resistira à dor de pôr o filho dos dois no mundo, mas seu menino já tinha onze anos de idade e gozava de ótima saúde, pela graça de todos os deuses. Não era um assunto agradável, mas explicava o porquê de Richard ceder às pressões da mãe. Um homem precisa deixar sua descendência, e ele era um Duque no final das contas.

— Sendo assim, espero que tenha sorte com a garota Hale. Apesar de temer que a Duquesa viúva me transforme em seu próximo projeto.

— Tão logo eu contraia núpcias, você não precisará da minha mãe para que seja o próximo a fazê-lo. Eu sozinho me encarregarei de encontrar uma mulher que aceite ser chamada de Lady Warthfall em troca de ter você como marido.

— Gostarei apenas de vê-lo tentar.

Sorriram antes de as bebidas acabarem, o clima entre os dois mais suave do que minutos atrás.

Foi Brandon quem primeiro voltou a falar, com um sorriso de canto brincando novamente nos lábios. Não se importava se o assunto no qual tocava já não mais estava sendo discutido entre os dois, apesar de ainda rondar seus pensamentos.

— Irei conseguir um encontro entre você e o homem. Não consigo imaginá-lo fazendo isso por conta própria.

— Está novamente tentando ofender minhas capacidades?

Dessa vez, os dois sorriram ante a verdade existente na última afirmação de Brandon. Seria melhor que seus homens não fossem envolvidos naquele encontro, até mesmo de modo a não levantar suspeitas. Richard tinha certeza de que Brandon possuía mais contatos naquele tipo de negócios do que todos os homens que fumavam charutos no clube aquela noite, bem como não queria que a raposa velha que tivesse roubado suas sedas levantasse as orelhas antes do tempo.

— Meu caro, nós dois sabemos que suas especialidades são diversas das exigidas nesse negócio. Aceite de bom grado a ajuda de um amigo. Preocupe-se em seduzir a garota, sem ter que a prometer em casamento antes de descobrir se ela virará uma medusa.

— Eu não ousaria recusá-la quando, tão de bom grado, foi oferecida. Obrigado.

Com sua proposta, Brandon antecipava a solução de um problema que estivera por vir e deixava Richard agradecido. O Duque poderia gastar seu tempo preocupando-se com os negócios habituais, bem como seguir o conselho de Brandon e tratar de melhor conhecer a garota que chamara sua atenção naquela temporada.

Os dias passaram rapidamente para Lara. Se alguém lhe perguntasse a verdade, teria que admitir que não havia pensado em comparecer ao baile dos Croft até conhecer o Duque de Wanthrop. Ao invés de olhá-la com repúdio por fazer algo mais do que comentar sobre o tempo, ele incentivou sua tagarelice sobre livros e negócios, ainda que apenas ficando calado na maior parte do tempo e emitindo sua opinião casualmente, quem sabe para não parecer desinteressado. Sem julgá-la pela impertinência dos assuntos abordados, ou mesmo pela ousadia de tê-lo chamado para dançar, mandou-lhe flores no dia seguinte.

O problema seria conseguir um vestido em apenas uma semana, quando seu guarda-roupa não estava preparado para aquele que prometia ser o melhor baile do mês. Igualmente despreparadas estavam suas economias. Teria se arrependido se tivesse mantido a ideia inicial de não comparecer ao baile, mas, após ter resolvido seus negócios com Hammer, não mais conseguia se distrair do fato de que precisava de um vestido.

O ateliê de *Madame* Dulac estava sempre lotado. A costureira, com um falso sotaque francês, sempre sorria quando via Lara, certa de que faria um bom negócio. Naquele dia, o sorriso não foi diferente. Havia, no mínimo, outras dez mulheres ali dentro, mas bastou que a senhora a visse para voltar a ela sua simpatia.

— *Ma chère*, como sempre, deslumbrante. Venha sentar-se. Mandarei que Amelie te traga chá para que se distraia até que eu possa atendê-la.

— Agradeço pela atenção, *Madame*. Tem certeza de que não seria melhor se eu voltasse em um horário mais adequado?

— *Non, pas un problème*. Sempre terei tempo para atendê-la, *Mademoiselle* Hale. São apenas algumas encomendas por entregar. Tenho certeza de que você gostará de conversar com a Duquesa de Wanthrop e sua sobrinha, Lady Georgeana Rolland, a Condessa de Grantham.

A modista queria gabar-se de sua clientela requintada quando a pôs na frente da Duquesa viúva, mas o sorriso de Lara foi largo e verdadeiro ao ver as outras duas. Os cumprimentos foram alegres, enquanto o chá era providenciado pela contente costureira em agradar duas boas clientes as quais se viu forçada a deixar esperando.

Para Lucretia, aquela era mesmo uma das coincidências mais agradáveis. Quis conversar com Lara desde o baile dos Croft, já que não conseguia arrancar nenhuma informação do filho sobre a ocasião. Aquele encontro não planejado foi providencial, pois ela não dispusera de tempo ou motivos para fazer uma visita cordial e sem interesses para a garota sem parecer uma velha mexeriqueira.

— Alegro-me em vê-la, minha cara senhorita Hale. Estive curiosa para saber que tipo de má impressão meu filho causou na senhorita no último baile.

Georgeana pareceu corar, enquanto seu cotovelo batia levemente no braço da tia. Lara, por sua vez, incomodou-se apenas em sorrir, sabendo que tipo de resposta a Duquesa viúva gostaria de ouvir.

— Muito pelo contrário, Vossa Excelência. O Duque me causou uma impressão encantadora, confirmada após as flores que me foram enviadas na manhã seguinte. — Lara fez questão de ignorar o brilho nos olhos da mulher ao dizê-lo, suspeitando que o filho jamais a informaria sobre aquilo. — Comentei, inclusive, que estaria no baile dos Croft, e ele me levou a crer que também compareceria, o que muito me alegrou.

Lucretia teria preferido saber que Richard já reservara para si a primeira valsa da noite com ela, mas saber que o filho pretendia ir ao baile dos Croft já lhe agradava. Na última vez que lhe perguntou algo sobre o assunto, recebeu apenas um resmungo como resposta.

E houve flores. Flores eram a melhor notícia que ela poderia ter naquela tarde. Jamais ouvira falar sobre o filho ter se dado ao trabalho de enviar uma peônia amassada para qualquer jovem dama, por isso era um alívio que ele finalmente o fizesse para uma a quem ela aprovava.

— Fico contente, minha cara. Meu filho, de fato, me acompanhará ao baile dos Croft, mas não dançará uma valsa com sua velha mãe.

— Se me permite, Vossa Excelência, continua muito mais bonita do que a maioria das jovens da temporada.

Não era mentira, e a própria Lucretia recusava-se a chamar a si própria de velha mãe, exceto se quisesse um efeito dramático para suas palavras e elogios depois delas, o que foi plenamente atendido pela resposta gentil de Lara. Segurou-lhe as mãos entre as suas e bateu nelas carinhosamente, soltando-as pouco antes que uma das empregadas se aproximasse com o chá. Era consciente de que Lara conhecia seu pequeno jogo e que ela também se divertia em jogá-lo, dando a Lucretia a exata resposta que ela queria receber.

— É muito gentil, minha querida. — Acenou com um curto cumprimento para a moça que lhe serviu o chá, agradecendo-a antes de beber o primeiro gole da bebida quente. — Permita-me perguntar, o que a trouxe aqui hoje?

— A busca por um milagre, Vossa Excelência. Mdme. Dulac é a única costureira capaz de me conseguir um vestido adequado até o baile dos Croft.

A resposta sincera fez com que as três mulheres sorrissem.

— Certamente, veio ao lugar ideal — quem respondeu foi Georgeana que, desde criança, ficava estranhamente sem palavras quando estava tão próxima à tia.

O fato de três mulheres estarem juntas em um ateliê de costuras não poderia conduzir a outro assunto que não girasse em torno de diferentes tipos de tecidos, rendas e babados. Pelo menos não naquela ocasião, já que Lucretia parecia se mostrar tão ou mais preocupada com aquele pequeno drama feminino do que Lara estivera. O suficiente para que, quando Mdme. Dulac surgiu para atendê-las, a Duquesa viúva insistisse para que Lara fosse a primeira a receber a atenção da modista, sem, é claro, que ela própria deixasse de interferir no assunto.

A dificuldade maior se mostrava em as duas conseguirem chegar a um ponto em comum.

Enquanto a mais nova pedia algo simples – calculando os custos que a peça teria antes de saber se deveria fazer algum pedido especial – alegando que jamais ficaria tão bem usando uma infinidade de rendas sobre a seda, Lucretia insistia em tecidos ricos e notadamente impagáveis. Entre uma troca e outra de cortesia sobre as escolhas, coube à modista tentar apaziguar os ânimos que começavam a se exaltar, mesmo estando mais preocupada em como conseguiria executar um vestido com um prazo tão curto. Georgeana, por mais que tentasse refrear as opiniões da tia, pouco tinha poder sobre ela.

Mdme. Dulac pareceu lembrar-se da solução perfeita para o embate, o que a fez, minutos depois, esforçar-se para conseguir a atenção das duas mulheres, interrompendo uma acalorada discussão acerca das vantagens da musselina e da seda.

– *Mademoiselle* Hale, gostaria que visse um vestido que já tenho pronto, esperando apenas uma dama tão distinta como a senhorita para ser vendido. Apesar de a peça ser simples, acredito que as duas gostarão muito. Queira me acompanhar, por favor.

Lara seguiu a costureira, com um suspiro feliz por livrar-se da interferência da Duquesa viúva. Era óbvio que qualquer mulher em sã consciência preferiria tecidos mais nobres, mas não era como se ela pudesse pagar por um vestido de pura seda somente para agradar a outra. Estaria feliz mesmo que o vestido se mostrasse um grandioso desastre, mas não foi isso que aconteceu.

O decote era fundo, mas um suave babado feito de tecido rosa o tornava um pouco menos ousado e muito mais bonito. A musselina de seda champanhe ia até a cintura do vestido, marcada por uma faixa rosa da mesma cor do babado do busto. A saia tinha a parte de fora champanhe, mas abria-se no centro, mostrando um saiote com o mesmo tom de rosa que os outros detalhes da roupa. As mangas curtas e levemente cheias eram recobertas com um tecido finíssimo, que não a protegeria do frio da noite, mas que a fazia lembrar as asas de uma fada travessa.

Na hora que o viu, Lara quis usá-lo, sem lembrar-se de qualquer limitação de preço que o bom senso lhe impusera anteriormente. Por sorte, estava vestindo um espartilho adequado e a assistente de Mdme. Dulac não se incomodou em apertá-lo um pouco mais para que sua cintura ficasse perfeitamente adequada ao vestido novo. Lara olhou-se no espelho por um bom tempo, sem entender como algo de tecido poderia ser tão lindo. Daquela vez não fora só o espartilho a lhe tirar o ar, mas a imagem de si mesma que viu no espelho.

— Acredito que a Duquesa queira vê-lo. Irei chamá-la.

Apenas assentiu. Nem Lucretia a convenceria de não levar aquela peça. A mais velha sorriu com uma incontida satisfação ao vê-la, para o alívio de Georgeana, que não aguentaria se a tia fosse começar a colocar defeitos em uma peça devidamente aprovada por quem de fato iria usá-la.

Capítulo 6

Os dias que se seguiram passaram em uma normalidade quase modorrenta para Richard. Por uma ou duas vezes, se viu em frente à casa da senhorita Hale no seu caminho diário, mas convenceu a si mesmo de que seria uma insanidade convidar-se para uma xícara de chá, apesar de que o bilhete que ela lhe enviara como agradecimento pelas flores fora o ponto alto da sua semana de espera. Brandon fora o único ousado o suficiente para tirar uma brincadeira sobre seu quase imperceptível estado de ansiedade. Richard só mantivera o amigo por ele tê-lo feito longe dos ouvidos de qualquer outra pessoa.

Sua mãe ainda havia feito questão de relatar o encontro que tivera com sua "grandessíssima amiga senhorita Hale" na modista. A Duquesa não tinha qualquer dúvida de que ela seria a moça mais formosa no baile que se aproximava e sua óbvia intenção era deixar o filho curioso quanto ao traje que Lara usaria.

Apesar do objetivo cumprido, Lucretia não teve o prazer de desfrutar de nenhuma pergunta por ele feita sobre o assunto. Na verdade, Richard limitou-se a balançar a cabeça por duas vezes enquanto ela falava, cumprindo com perfeição o próprio objetivo de parecer desinteressado.

Como por um milagre, o dia do baile passou sem nenhum aborrecimento que não os cotidianos. Richard conseguiu chegar cedo o suficiente em casa para que sua mãe o avisasse que ele deveria estar pronto às exatas sete e trinta da noite e que os dois chegariam juntos — apesar da conduta diversa por ela adotada no baile anterior. A Duquesa se limitou apenas a este comentário antes de trancar-se com Rosamund e uma criada em seus próprios aposentos. Seu valete não o quis forçar a entrar em uma daquelas calças apertadas que estavam na moda, mas que eram completamente desconfortáveis e um tanto ridículas na opinião de Richard. O lenço de sua camisa ficou melhor amarrado do que o de costume e o valete ganhara até um elogio pelo bom trabalho antes que Richard descesse para esperar a mãe.

Ele não se dera conta de que estava bem-humorado até elogiar Lucretia, sorrindo-lhe de modo gentil quando ela enganchou o braço no dele.

— Acredito que será a mais bela dama da noite.

— Se eu mereci tamanho elogio do homem que será o mais bonito e elegante, o aceitarei de bom grado.

Lucretia mostrou-se satisfeita não apenas consigo mesma, mas pelo modo como ele se portava. Parecia estranhamente feliz, o que lhe era um fato admirável. Sorriu mais uma vez para o filho antes de voltar-se para a escada, passando agora a falar com Rosamund.

— Minha cara, diga-me se ele não será o homem mais elegante da festa.

— Ele sempre o é, Vossa Excelência.

Richard estreitou os olhos ao observar a garota que

desceu atrás de sua mãe. Rosamund fora criada como uma irmã, Richard gostava dela como tal, mas era notável que ela não se comportava como uma. Sinceramente, pensou que, daquela vez, Lucretia a convencera a acompanhá-los, mas ante os trajes simples que ela sempre usava, percebeu que se enganara.

— Rosamund, pensei que nos fosse dar o prazer de sua companhia hoje.

— E quem lhe prepararia um bolo com amêndoas de café da manhã se eu perdesse tempo com festas?

O olhar dele foi desejoso como o de um menino por uma guloseima, trazendo um imediato sorriso ao rosto da garota. Como não era essa sua intenção, Richard tratou de buscar um falso tom de moralismo para sua resposta, encontrando-o com facilidade, enquanto controlava sua ânsia pelas iguarias que lhe eram prometidas.

— Não tarda o momento no qual essa desculpa não mais me servirá e eu a forçarei a sair desta casa e encontrar um marido.

— Então, eu teria que fazer minhas tortas de carne para outra pessoa e Vossa Excelência não mais poderia comer delas.

— Eu jamais ousaria entregar-lhe para um homem com quem eu não pudesse compartilhar uma refeição, no mínimo, três vezes na semana.

Foi Lucretia quem perdeu a paciência com os joguinhos dos dois, ansiosa para chegar logo à festa, quando os interrompeu. A despedida foi rápida, com uma nova promessa de Richard de fazê-la sair de casa antes que mãe e filho entrassem na carruagem que os levaria para o palacete dos Croft.

A propriedade era grandiosa e parecia ainda mais bonita com os jardins e a fachada inteiramente iluminados. Lucretia exibia um ar de aprovação, enquanto o filho voltava à postura comedida de sempre, escondendo com perfeição a ansiedade que o fazia querer pular da carruagem. Ele era a face da calma quando tomaram seu lugar na fila das carruagens que se amontoavam na entrada da casa, ao contrário de sua mãe, que eventualmente soltava um comentário impertinente sobre a demora no desembarque das pessoas, ao qual ela assistia discretamente pela janela.

— As pobres filhas da Cassandra parecem dois abacates. Você deveria tirá-las para dançar como uma forma de caridade.

— São as filhas de um Duque, mãe. Dois excelentes partidos. Eu deveria cogitar cortejá-las. Estão na minha mesma classe e nenhuma das duas se oporia a me dar um filho.

O comentário feito em um tom casual fez com que Lucretia fechasse a cortina que cobria a janela da carruagem em uma velocidade espantosa, bem como a encará-lo com uma expressão de violento desgosto.

— Eu preferia que você casasse com a dama de companhia das duas, mesmo que a pobre garota não tenha onde cair viva. Eu nunca mais teria um dia de paz se você casasse com uma daquelas duas portas.

Se fosse de seu feitio, Richard teria rido do comentário. Entretanto, permaneceu impassível ao tom ofendido que ela usara.

— É assim que fala das filhas de sua amiga, minha senhora? Fico admirado, principalmente depois de me ter feito alvo para ambas.

Lucretia tinha vontade de torcer-lhe as orelhas por ele estar se divertindo à sua custa, mas não seria adequado se o fizesse — abolira a prática antes mesmo de ele passar a usar calças longas. Resolveu-se por voltar sua atenção para a janela, pensando em um modo de vingar-se antes que ele novamente a espezinhasse, mas sem conseguir fazê-lo. Richard voltou a falar quase ao mesmo tempo que a carruagem deu mais um solavanco rápido.

— Quer dizer que eu poderia escolher qualquer boa

camareira virgem e levá-la para Ackerley?

Lucretia não ia se dar ao trabalho de corar pelo comentário rude do filho, não quando sabia o real significado por trás das palavras dele. Demorou um pouco para arrumar a postura sobre o banco, encarando-o séria.

— Se ela fosse fazê-lo feliz eu não me oporia. Mas nenhuma boa camareira seria o suficiente para tal feito — ela resmungou. — Se seu pai ainda fosse vivo, você teria que se adequar aos padrões dele. Mas estes padrões não são os meus ou os seus. Prefiro que você tenha o prazer de escolher uma garota não necessariamente rica ou de linhagem irreprochável, mas pela qual você tenha prazer em voltar para casa.

Aquela era uma verdade que os dois conheciam, mas ouvir Lucretia admiti-la tão abertamente o fazia refletir um pouco. Sua mãe era uma das mulheres mais respeitadas da sociedade por dois motivos. Primeiro, por ser extremamente rica, uma Duquesa, filha de um Conde; depois, por ter um trato social excelente, apesar de controverso. Jamais recusara a amizade verdadeira de uma pessoa mais simples, bem como não mantinha amizades influentes apenas por sua respeitabilidade. Lucretia tinha toda a influência necessária para sentir-se feliz e não precisava de uma horda de pessoas insípidas para carregar-lhe as saias. Isso era o que fazia com que Richard a admirasse ainda mais, o que ele não admitia com frequência, com medo de não apenas massagear demais o ego de sua mãe, como também para evitar que ela ficasse ainda mais abelhuda, o que seria péssimo para ele.

— Então diga-me, minha mãe, qual sua opinião sincera acerca da senhorita Hale?

Lucretia pensou que Richard jamais chegaria a fazer aquela pergunta. Sabia que o filho tinha todo o direito de ignorar qualquer conselho que ela lhe desse, bem como de sequer pedi-los, mas sabia que ele não o faria. Richard encontrava nela uma sinceridade que poucos lhe tinham.

— A senhorita Hale não é nobre o bastante, e você o sabe. Ainda que o tio tenha um bom nome e seja rico, ele não foi aceito em muitos ciclos. Neta de um barão que jamais saiu do campo e que nunca a reconheceu, ela também não seria aceita por muitos nobres ainda vivos. Você terá que lembrar-se de que sua esposa não apenas será a mulher que lhe dará herdeiros, mas que também irá receber seus convidados, dar festas em seu nome, receber por vocês seus amigos, e eu suponho que a senhorita Hale poderá fazer isso, bem como penso que vocês dois teriam prazer em conversar um com o outro. Ela não é apenas uma moça inteligente a qual eu acho bonita, mas alguém que eu penso que lhe faria bem. Não sou eu quem devo ter essa opinião, mas você.

Richard escutou com atenção, sabendo exatamente o que a mãe quis dizer quando comentou acerca da falta de berço. Seria dele a responsabilidade de fazê-la ser aceita em todos os círculos nos quais ela ainda não fora, se não quisesse ser ele próprio rechaçado. Confiava, todavia, na percepção da mãe sobre a mulher, posto que na única noite em que a viu, mal conseguira tirar os olhos dela. Não precisaria, por sorte, dar a Lucretia suas opiniões. Pelo menos não tão logo.

Seu pai sempre fora claro em suas intenções. Seu filho se casaria com uma boa moça de berço. Em vida, o antigo duque fizera questão de apresentá-lo a todas essas moças de boa família, assim como às piores casas de Londres — como era o dever de um bom pai. As moças de boa família casaram-se antes que ele se decidisse por uma, o que não impedia o velho duque de tentar, visto que, todo ano, novas moças distintas chegavam em idade de matrimônio. Richard jamais admitira, mas a morte do pai mostrou-se um grande alívio quando acabaram as pressões para que ele arrumasse uma esposa. As moças ruins das piores casas, não apenas por seus bons préstimos nos assuntos carnais, muitas vezes se mostravam mais interessantes do que as boas moças infantilizadas, que se limitavam a ter belos rostos e vozes, mas não passavam de um adorno.

Lucretia, ao contrário do marido, sempre fora da opinião de que as coisas aconteciam quando tinham que acontecer — o que não a impedia de dar uma ou as duas mãos para que certos acasos do destino se fizessem na frente de seus olhos. Cumpria seu papel de boa mãe ao forçá-lo a acompanhá-la nos bailes durante a temporada, sempre indicando que moças ele deveria tirar para dançar, mas jamais foi responsável por qualquer intervenção direta nas escolhas dele. Pelo menos, não até há pouco tempo.

Richard já não era tão jovem, e Deus o livrasse do sofrimento de passar pelo que Adam, sobrinho e afilhado de Lucretia, passara com a perda da esposa e do herdeiro. Foi por isso que ela decidiu por interferir de forma mais enérgica, após tomar consciência de que talvez seu filho acabasse um velho ranzinza e solitário — ainda que ranzinza fosse uma certeza inerente à pessoa que ele era. Por sorte, Richard chegou à mesma conclusão que a mãe sobre o casamento, mas não exatamente sobre o que seria adequado para uma esposa.

Apesar de não ter muita paciência para jovens damas da sociedade e, muito menos, para longos bailes, Richard se via forçado a frequentá-los e escolher qualquer uma daquelas. Em temporadas passadas, até chegou a se interessar por algumas moças bonitas e, aparentemente, cultas. Com o passar do tempo, Richard percebeu que uma grande parte delas tornava-se desinteressante antes da metade da primeira conversa, enquanto outra parte apresentava uma falha de caráter irremediável em sua opinião depois da segunda ou terceira.

Era péssimo admitir que, em julgar caráter de

mulheres, sua mãe era muito melhor do que ele. Tal fato apenas servia para que ele persistisse na ideia de casar-se com qualquer moça apta a lhe dar um filho, não o matar de tédio e, de preferência, que não fosse envenená-lo antes do segundo ano de casamento.

Lucretia tinha uma perspectiva mais otimista, ainda que pautada no realismo. Ela não precisava de uma nora que soubesse cantar, tocar piano, pintar e costurar. Ela precisava de uma nora que fizesse seu filho feliz e não destruísse o trabalho de uma vida que ela tivera para transformar as residências da família em algo habitável, já que a duquesa anterior a ela tinha um péssimo gosto para decoração. Sim, a nora deveria lhe dar netos saudáveis, mas, apesar de ser contra a sua preferência pessoal, não poderia ser uma garota moldável ao gosto de Richard, sob pena de aborrecê-lo o suficiente para que ele a mandasse para o campo depois do nascimento do primeiro filho homem.

Ela não pensou em Lara como uma candidata no primeiro momento, mas gostava de qualquer garota que tivesse um pouco mais de personalidade do que as marionetes de sempre. Bastou que visse os dois juntos pela primeira vez para culpar-se por não ter pensado em apresentá-los previamente. Não podia negar que se alegrou em perceber que o filho pusera os olhos nela de outra forma, mesmo que somente pudesse dirigir suas preces para que aquele interesse não passasse de algo casual.

Richard ainda sorriu para a mãe, antes que Lucretia voltasse sua atenção mais uma vez para a janela e para seus comentários maldosos que, mesmo com todo bom humor do mundo, jamais seriam respondidos por ele, ainda que Richard concordasse que de fato a Duquesa de Norfolk fizesse um péssimo papel de berinjela ao lado de suas filhas abacate.

Os primeiros a cumprimentarem, logo após o

respeito devido aos anfitriões, foram Georgeana e Grantham. Não demorou para que as mulheres se vissem chamadas por outros interesses, separando o grupo que nenhuma necessidade tinha de manter-se coeso. Não que fossem os homens reclamar de tal fato. Ingressaram em uma conversa que para elas seria, no mínimo, bastante desinteressante, mas que certamente faria bem mais sentido se compartilhada com o grupo de cavalheiros que se encontrava do outro lado do salão lotado e bem iluminado. Seria um milagre atravessar aquele mar de gente sem encontrar algum conhecido, e Richard cumprimentou a todos com a cortesia que lhes era devida. Até mesmo as pobres garotas abacate ganharam um curto sorriso, depois de o pai delas ter arrancado de Richard um vigoroso aperto de mãos.

Antes que chegasse ao grupo que visava, foi parado pelo sorriso irônico de Percivald Fleming, ao cumprimentá-lo com mais polidez do que o necessário.

— Wanthrop, é realmente um prazer vê-lo.

— Fleming.

Richard até tentara parecer um pouco mais cordial, mas boa parte do seu bom humor se esvaíra ante a visão do homem em suas calças justas e sua casaca apertada. Havia uma longa inimizade entre os dois, por mais que nunca um desentendimento social houvesse realmente ocorrido. Fleming fora um dos parceiros do seu pai em negócios, mas a relação entre os dois se enfraqueceu quando Richard levantara contra ele algumas suspeitas quanto a algumas perdas que o pai teve à época. Apesar de as relações terem se afastado em termos pacíficos e nenhuma suspeita ter sido confirmada, Richard não gostava do outro homem, e tinha certeza de que Fleming também não lhe era dos mais afeitos.

O plano era escapar rapidamente dele, mas antes que pudesse fazê-lo, foi tragado por uma pergunta a qual não podia deixar sem resposta, mas que fazia com que o Duque sentisse os pelos da nuca se eriçarem.

— Tinha grande interesse na carga do Grand Queen. Se não me foram repassadas informações erradas, ele deveria ter atracado alguns dias atrás. Vossa Excelência teve alguma notícia da embarcação? Penso em pedir que o meu administrador entre em contato com o seu em breve.

O Duque havia feito questão de esconder ao máximo o fato de que o navio fora saqueado. Tinha certeza de que nem seu administrador, nem os amigos com quem compartilhara a notícia, haviam traído o voto de confiança que lhes fora dado. Fleming seria a última pessoa com quem ele, de bom grado, trataria sobre aquilo.

— Um pequeno imprevisto. Nada que não possa ser contornado em poucas semanas.

Richard completaria com um "se puder me dar licença..." e arrumaria uma desculpa qualquer para afastar-se, mas Fleming aproveitou-se do segundo que ele precisou para respirar para emendar mais um de seus comentários infelizes, acompanhado de um sorriso ainda maior e mais irônico do que o primeiro dado na noite.

— É realmente uma pena. O White Horse irá atracar em duas semanas com uma encomenda de sedas. Tive prazer de fechar negócios com um bom fornecedor nas Índias. Não que eu deseje o mal a um amigo, mas me seria mais vantajoso que o seu Grand Queen não chegasse até lá. Uma questão de negócios, você sabe. Talvez você queira ver algumas peças. Ficaria honrado se me permitisse presentear a Duquesa viúva com uma boa jarda de tecido, em nome da amizade que tive com seu falecido pai.

Richard não conseguiu evitar o apertar de maxilar. Antes que pudesse encontrar uma resposta adequada, enquanto uma suspeita sem motivos surgia em sua cabeça, Henry apareceu novamente ao seu lado, distraindo-o dos próprios pensamentos.

— Meu caro, Georgeana está ansiosa à sua busca. Disse-me que deveria levá-lo imediatamente ao seu encontro, e eu não ouso contrariá-la. Creio que Sir Fleming me perdoará pela interrupção.

— Mas é claro que sim. Jamais ousaria contrariar o pedido de uma dama tão distinta como a Condessa. Mande à sua graciosa esposa meus cumprimentos, Grantham.

Fleming se afastou antes de uma resposta e Henry tratou de entregar a Richard uma taça de *brandy*, enquanto o guiava para perto de Georgeana.

Fleming se divertia com a situação, fingindo não perceber o tom avermelhado que esquentou as faces do Duque à sua frente, quando ele falou do próprio navio e do talho de tecido que pretendia oferecer para a Duquesa viúva. Detestava aquele homem, aquela aura de politicamente correto e as enfadonhas lições de moral que ele se achava no direito de dar — bem como a irritante mania de colocar-se como superior a tudo. Apesar de não ter o título que Richard ostentava com tamanho prazer, como se aquilo o colocasse acima dos meros mortais, era ele, Percivald, quem ficaria com as sedas das quais ele se gabara por quase um mês, quando conseguiu comprar o carregamento.

Capítulo 7

Os cabelos estavam em um penteado bonito para aquela noite. Por sorte, o tempo não estava demasiado frio e seu espartilho não estava excessivamente apertado. Isto seria o suficiente para qualquer nobre dama ter o melhor dos estados de espírito, mas não para Lara Hale.

Ela não parecia animada, enquanto a criada apertava um pouco mais as tiras de seu espartilho. Também fazia questão de não escutar a tagarelice de sua companhia. Seu vestido perfeito não custara tanto quanto qualquer vestido que Lucretia planejasse, mas um pouco mais do que o recomendado pela prudência ante a sua situação financeira. Aquele pequeno mimo a si mesma era o menor de seus problemas. Eram as dívidas que tinham passado o dia rondando sua cabeça.

Queria ter mandado a pobre da criada calar-se por apenas um segundo — não com a intenção de ofendê-la, mas porque já estava ficando com dor de cabeça — quando sua tia entrou no quarto. Margareth trazia na face um sorriso e olhou a sobrinha com aprovação, ainda que o vestido continuasse no cabide e Lara estivesse um pouco atrasada.

— Minha querida, este bilhete acabou de chegar para você. Sei que já está atrasada, mas pensei que poderia ser algo importante...

— Obrigada, tia — Lara agradeceu, sentando-se na cadeira da penteadeira para poder enxergar a letra sob a luz.

O papel barato e a letra praticamente ininteligível denunciavam ser Hammer o emitente da carta, mas, ao contrário do que Lara temia, o curto pedaço de papel trazia boas notícias. Nenhum nome fora citado, mas o homem relatava que em dois dias se encontraria com um nobre para o que poderia vir a ser um contrato de grandes lucros. Os últimos garranchos informavam que, logo após isso, o navio dela já poderia zarpar para recuperar a carga de chá que lhes fora encomendada em um prazo bem menor do que o previsto por Hammer.

As poucas palavras a fizeram sorrir mais do que a perspectiva de encontrar-se com o Duque naquela noite. Levantou-se feliz o suficiente para abraçar a criada, que antes a irritava, e beijar o rosto da tia.

— Pelo visto, foram boas notícias. Alegro-me por você, minha querida. Agora estará ainda mais radiante na festa.

— E dançarei a noite toda com o homem mais bonito dela — ela disse mais animada. — Vamos, Truddy. Eu preciso entrar nesse vestido e pegar minha carruagem. Tem uma noite maravilhosa pela frente e um Duque me esperando para ela começar.

Iria para a festa na companhia de Eris Murray, que mais cedo enviara um bilhete avisando ter feito questão de mandar os pais primeiro para o baile, em uma tentativa de passar mais tempo em casa, o que seria a desculpa perfeita para o pequeno atraso de Lara. Quando a carruagem dos Murray passou para buscá-la, ela já estava pronta há quase cinco minutos. Quem não entendeu o motivo de tanta alegria foi Eris, que se limitou a cumprimentá-la com cortesia antes de voltar a espremer os olhos em um de seus pequenos cadernos.

A primeira dose de *brandy* e os comentários suaves da prima distraíram Richard por algum tempo, assim como a expectativa de sempre olhar para a entrada do salão, à espera de que a senhorita Hale chegasse — o que parecia que jamais aconteceria. Não demorou para que a espera o aborrecesse, e para que a prima tivesse que se dedicar a outras pessoas que não ele. Sem saber precisar como, Richard acabou envolto em uma roda de jovens damas, que conversavam sobre outras jovens damas.

Carole Mortimer era a filha única de um baronete e a líder nata do grupo. Não havia um homem que não se encantasse pela boca miúda, os angelicais cachos cor de trigo e a pele extremamente alva. Seus modos eram impecáveis, e mesmo que aquela não fosse sua primeira temporada, continuava a ser tratada como a joia a ser apresentada em todos os bailes.

Como homem, Richard não pudera fugir do óbvio. Encantou-se por ela na primeira vez que a viu, na temporada anterior. Convidou-a para uma dança na primeira oportunidade. A carranca que a mãe fez ao ver com quem ele se acompanhava não lhe passou despercebida, mas Richard não entendeu o porquê até sentar-se pela primeira vez para conversar com a senhorita. Não que ela fizesse o estilo bela, porém, vazia. Longe de tal coisa. O problema era a maledicência da língua ser proporcional à sua beleza.

Sua mãe jamais fora um anjo de candura, e Richard não gostava das moças que agiam como se vivessem em um conto de fadas, mas deveria haver, em alguma mulher, um meio-termo entre a estupidez e a maldade — meio-termo este não encontrado por Carole. O modo como ela se colocava como a única mulher de virtudes, incapaz de oferecer um elogio para qualquer amiga se não tivesse em busca de uma retribuição, foi o suficiente para que Richard se afastasse dela, bem como para fazê-la perder a beleza que tivera sob seus olhos.

— Lorde Ackerley, meu querido Lorde Bolton partiu para o sul para resolver alguns negócios. Acho uma completa insensibilidade ausentar-se durante a temporada, mas nenhum dos meus argumentos pôde demovê-lo desta ideia. Acabei por ficar sem um par para a valsa.

Não haveria tolo que não entendesse o convite que ela esperava. Richard só podia compadecer-se pelo fato de que Bolton se deixara virar a vítima daquela mulher mesquinha. Afastar um homem de negócios importante em prol de algumas festas fúteis era um disparate o qual ele jamais aceitaria de uma mulher. Não deixou, entretanto, de sorrir.

— Sei que qualquer cavalheiro deste salão se sentiria o mais honrado dos homens em compartilhar uma valsa com a senhorita. Infelizmente, já me comprometi com outra dama.

Richard pensava em Lara. O atraso não lhe era estranho, e sim, a vontade dele de que ela chegasse. Era estranho ver-se ansiado pela presença de uma dama que mal conhecia. Para um homem acostumado a ter pleno domínio de si, era mais fácil encontrar justificativa para o seu desejo de ver Lara — valendo-se, para tal, do argumento de que a presença dela o afastaria daquela malquista companhia — do que assumir para si mesmo que esta era requerida por si. Não poderia negar que, se ela não aparecesse, teria que encontrar outro motivo para fugir de Carole.

— Ouvi comentários acerca do último baile oferecido pela Condessa de Clare. Disseram-me que Vossa Excelência compartilhou algumas danças com Lara Hale.

— Sim, é verdade.

— Oh! — a exclamação foi quase ofendida. — Não sei se devo, mas, como amiga, preciso alertá-lo, apesar de não acreditar ser necessário fazê-lo ante seu bom senso. É um homem conhecido por manter boas ligações e um admirável círculo social. A senhorita Hale não se mostrou respeitosa o suficiente ao sair do luto pela morte do tio tão cedo. Ainda faltava um mês para que completasse o ano de luto! As pessoas têm comentado acerca disto. Mas não acredito que tenha real interesse nela. Não na filha de um ninguém. É uma mulher estranha esta senhorita Hale. Grande demais, eu diria. E aquela boca...

Se conhecesse um modo educado para interrompê-la, dizendo que pouco se importava com a opinião que ela compartilhava, ele o colocaria em prática. Não era toda mulher que ousava tratá-lo como se fosse uma criança, decidindo de quem ele podia ou não ser amigo. Se precisasse de conselhos para decidir quem seria incluído em seu círculo social não seria para Carole Mortimer que os pediria, já que ela mesma, apesar de supor o contrário, não fora convidada para participar dele. Antes que precisasse pensar em um bom motivo para afastar-se, o melhor de todos eles entrou no salão.

Se Richard estivesse falando, era provável que se calasse ante a figura curvilínea que, apesar de olhá-lo, cumprimentava alguns amigos mais próximos a ela. Foi mal-educado e quase não pediu licença ao afastar-se do grupo feminino no qual se encontrava, não admitindo para si mesmo que, naquele momento, o fato de Robert Bradley ou qualquer outro homem se aproximar de Lara para cumprimentá-la — como já faziam — mexia com seus brios. Ela apreciava os elogios que não eram os dele, sorrindo em um flerte discreto que o fizera andar ainda mais rápido até que a alcançasse.

— Senhorita Hale, é um prazer tornar a vê-la. Seria uma pena se perdesse a primeira valsa da noite.

Não havia como perceber o excesso de cordialidade no tom de voz usado pelo Duque. Ele não se fazia de rogado quando o assunto era assegurar para si uma atenção que já era dele.

Lara não fazia questão de aproximar-se do grupo de damas com o qual Richard conversava – mesmo que fizesse, seria difícil escapar do pequeno círculo que se formou a seu redor. Não gostava da maioria das garotas que lá estavam e, se tivesse que escolher a quem mais detestava, não havia dúvidas de que era Carole. Não havia quem não percebesse que ela se aproveitava da ausência do pobre noivo para flertar de modo descarado com um partido melhor. Também não fez questão de tirar os olhos dele, até porque, se tentasse, não obteria êxito. Richard era a única pessoa para quem valia a pena olhar e, se ela estava bonita como pensava estar, merecia, no mínimo, que ele se desse ao trabalho de dirigir-se a ela. Seu prazer foi tamanho quando ele o fez, que passou algum tempo até encontrar uma resposta adequada, sem demonstrar pelo tom de voz que se sentia prestes a derreter ante a visão de perto da casaca preta, dos lábios finos e dos olhos tempestuosos.

– Eu jamais me perdoaria se o fizesse, afinal, perderia a melhor parte de qualquer baile.

– Acredito que para uma dama o seja, o que me faria sentir honrado se me aceitasse como um parceiro de dança aprazível para esta noite.

Os dois sabiam que ele o queria. Richard jamais aceitaria um não como resposta e Lara jamais ousaria dar-lhe um. A ela não agradava o modo como os ombros dele pareciam tensos e as mãos fechadas na lateral do corpo indicavam um desconforto geral que não deveria existir. Não negaria a dança, mas preferia seu par disposto a dialogar e divertir-se.

– Com a condição de que me acompanhe na busca de uma bebida.

Richard lhe ofereceu o braço, como um perfeito cavalheiro, mas sem parecer animado com o pequeno passeio sugerido. Como ela havia acabado de chegar, foram constantes as interrupções pelo caminho, nas quais ela cumprimentava com educação qualquer que fosse o conhecido, até chegarem à mesa onde as bebidas eram servidas. Em nenhum momento Richard teceu qualquer comentário sobre o fato de ela ser a mulher mais bonita naquela festa, ou que todos os olhos se voltaram para ela em deleite quando entrara, mas era naquilo que pensava, bem como no fato de ser sortudo por poder acompanhá-la.

Não se sentaram em um local escondido do salão. Lara parecia disposta a observar cada pequeno detalhe da decoração, aproveitar o sabor de cada variedade de bolinho servido e, sobretudo, a compartilhar com ele as grandes impressões sobre os detalhes que tornavam aquela noite especial. Mesmo assim, nenhum dos dois tomou a liberdade de admitir que aquela estava fadada a ser uma noite especial. Lara jamais diria que não via a hora de começarem as danças somente para que pudesse estar a sós com ele, ainda que em uma pista lotada. Richard nunca admitiria que procurava não olhar para os lábios dela desde que teve uma quase irrefreável vontade de beijá-los, quando ela passou discretamente a língua sobre eles, tirando um pequeno farelo de bolo que lá estava antes mesmo que ele o percebesse.

Ela falava sobre o poder das velas em deixar qualquer ambiente mágico, e emendava ao comentário um discurso para informar que, no culto da deusa Ártemis, os gregos usavam as velas para representar o luar, mas ela suspeitava que eles não tivessem sido os primeiros a terem essa ideia. Isso antes de mudar de assunto mais uma vez, levando, aos lábios de Richard, um sorriso pelo fato de tentar agradá-lo com real simplicidade, sem tentar representar alguém que não era ou fingir um conhecimento que não tinha.

— Alguém já disse que Vossa Excelência fica mais bonito quando sorri?

Fora um comentário ousado, feito em um tom baixo

o suficiente para que apenas ele escutasse. Richard supôs estar ela arrependida pelo modo como o rosto de Lara corou. Ela passou a olhar para outro lado, como se aquilo tivesse o poder de retirar as palavras recém-ditas.

— Alega que eu deveria sorrir mais para agradá-la?

— Não, mas me agradaria se você tivesse mais motivos para fazê-lo. — Foi a vez dela sorrir, quando, ao voltar o olhar para ele, percebeu que os olhos do Duque continuavam com a tempestade transformada em garoa por conta do sorriso. — E espero que o fato de que irá começar uma dança seja um deles.

Richard não a respondeu com palavras, mas ao levantar-se e oferecer-lhe a mão para ajudá-la a fazer o mesmo. Teria apreciado se a pele das mãos dela não estivesse enluvada, deixando-o sentir a maciez de seus dedos até o momento que os pousou em seu braço. Guiou-a para a pista de dança como se guia uma rainha através de seus súditos. Aquela era uma mulher que brilhava mais do que as velas que iluminavam o ambiente. Cada um assumiu o seu lugar e a contradança animada começou envolvendo não apenas os dois, mas quase todos os convidados — sendo eles dançarinos ou não. Apesar de aquela não ser uma dança com contato, nada os impedia de trocar olhares, bem como algumas palavras perdidas nos poucos momentos em que se aproximavam.

O fim da música trouxe uma salva de palmas. Alguns casais se afastaram da pista, enquanto os outros já começavam a se preparar para a próxima dança. Apesar de a vontade de Richard ser a de manter-se na fileira na frente da dela, assumia o fato de que a noite apenas começava, e era dever dele refrear as próprias condutas se quisesse que ela se alongasse. Apesar disso, não teve muito sucesso em evitar o sentimento de irritação que se apoderou de si quando Lara aceitou o convite de Robert para a próxima contradança — logo após um sutil menear de cabeça, concordando com a sugestão dele para os dois se retirarem da pista.

Mesmo que concentrada na execução dos passos, Lara só tinha olhos para Richard, que, à margem da pista de dança, não parecia incomodado em observar como seu corpo fluía, sendo moldado e perseguido pelo tecido suave do vestido. Vê-la não deixava de ser um prazer por não ser ele quem a tocava, e Richard bateu palmas quando a dança acabou.

Apesar de sua preferência, ele foi levado novamente à pista por sua mãe, escutando os comentários randômicos dela sem compreendê-los de todo. Depois foi a vez de se deixar levar pela prima, que se limitou a um curto agradecimento quando se separaram, sabendo que o par preferido da noite não seria ela. Em nenhuma das danças, Richard tirara os olhos de Lara, que parecia não se incomodar em trocar de par sempre que uma música terminava, assim como não se incomodava em também buscá-lo através de cada passo. Era a perspectiva da valsa que os impedia de sentir o cansaço das danças anteriores, e não houve momento mais glorioso para Richard do que a chegada do instante de reivindicá-la de volta para si.

Richard a buscou com um sorriso nos lábios, que aumentou quando a mão se uniu à dela. Apertou o tecido da luva com delicadeza, os dois funcionando como perfeitas engrenagens de uma máquina movida pelos acordes da pequena orquestra. Para Richard, não havia prazer maior do que vê-la aproximar-se quase até os rostos se encostarem, para executar um passo da dança, enquanto sua mão podia contornar sua cintura e sentir a dureza do espartilho sob as vestes. Quis, mais de uma vez, beijá-la, estreitando os corpos como se um só fossem, mas limitou-se a terminar a dança com classe — apesar de não ser um exímio dançarino —, aplaudindo junto a todos antes de aproximar-se dela mais uma vez, oferecendo o braço para guiá-la para fora da pista.

Lara ofegava, ainda que tentasse esconder isso do mundo com um gole da bebida que ele lhe ofereceu. O corpo estava quente pelo calor do salão e da dança, como ela preferia pensar, quando o calor aumentou e ela se viu levada a aceitar o convite que Richard fez para que os dois caminhassem nos jardins.

O lado de fora encontrava-se quase tão bem iluminado quanto o de dentro em seus caminhos. Richard sabia que Lara estava cansada, mas não pretendia sentar-se com ela em um dos bancos mais próximos da casa, tendo que dividir as atenções dela com outras pessoas. Pegou o caminho que julgou mais abandonado pelos convidados, sabendo que, ao final dele, havia um pequeno coreto onde os dois poderiam sentar-se e conversar com certa privacidade. Estavam calados durante o caminho, escutando os comentários que vinham dos arbustos. Alguns inocentes, outros nem tanto.

Ela teve que se segurar algumas vezes para não acabar rindo alto das conversas interceptadas acidentalmente, mas a vontade perdeu-se tão logo viu o coreto, dando outro tipo de sorriso ao sentar. Richard sentou ao seu lado, ainda um pouco indignado pelo que escutara, por mais que a visão da pele dela iluminada pela lua aos poucos lhe roubasse a atenção por completo.

— O que eu não entendo é o porquê de as mulheres sempre despenderem tanto tempo para falar das outras, como se fossem inimigas ou concorrentes.

Lara sabia que aquela não era uma crítica a ela, mas não podia deixar de defender seu sexo, ainda que sem negar o que ele disse, pois sabia não poder escapar da verdade.

— Vossa Excelência deve entender que a língua é a única arma que uma dama dispõe para se defender da sociedade.

— O papel de um cavalheiro é justamente proteger as damas que o cercam.

— Esse argumento tem suas falhas. A primeira e mais importante diz respeito ao cavalheiro. Eu não duvido que você se disponha a defender qualquer que seja a mulher de uma ofensa, mas garanto-lhe que nem todos o fariam.

— Nesse caso, não estaríamos falando de um cavalheiro, mas de um covarde. Um charlatão.

— Concordo, mas não estamos nós cercados por charlatões e covardes?

— Não agora, eu espero.

Os dois sorriram, e ela deu-se o direito a mais um elogio.

— Estou convicta de que você precisa de mais motivos para sorrir. É injusto para com o mundo o modo como o priva de algo tão agradável.

Seguindo-a na ousadia, Richard deixou que o indicador deslizasse pelo suave rosto dela, acompanhando com o dedo o brilho que a lua a emprestava.

— Deve agradecer a si mesma, então.

Sem um aviso prévio, além do lento aproximar dos rostos, da respiração entrecortada e dos segundos em que os dois se encararam como se o mundo coubesse no espaço de um olhar, ele a beijou.

E aquele beijo fora exatamente como um beijo deveria ser.

Bem como servia de prova exata de que a língua era, de fato, a melhor arma de uma mulher.

Capítulo 8

Richard não esperava ser acordado tão cedo por seu lacaio, ainda que não fosse de seu feitio dormir até tarde. A noite anterior, entretanto, mostrou-se uma boa justificativa para qualquer homem perder a noção do tempo. Na verdade, ele até chegara a perdê-la por alguns momentos, pouco antes do barulho dos passos indicar que um grupo se aproximava do coreto, o que estourou a pequena bolha onde ele estava com Lara. Havia uma aura de conforto no caminhar dos dois ao voltar para a casa. Olhares cheios de promessas quando se separaram. Pode ser que Richard houvesse sonhado com ela após dormir, com o toque da pele macia que ele não conseguira sentir na noite anterior, mas qualquer sensação boa fora dizimada pelo constrangimento do valete ao acordá-lo, fazê-lo abrir os olhos e quase cegá-lo ao abrir as cortinas e deixar a luz daquele dia parcialmente nublado invadir o quarto.

— Excelência, o Conde de Warthfall está aqui e diz que precisa vê-lo imediatamente. Eu informei que Vossa

Excelência ainda não havia saído de seus aposentos, mas ele mostrou-se irredutível.

Xingou, mas a atitude não era de todo estranha para o valete, que se limitou a ajudá-lo a pôr o robe por sobre as roupas de dormir.

— Seja lá o que ele queira, vai ter que esperar.

O valete, entendendo o que o patrão queria dizer, mandou avisar ao Conde que o Duque demoraria um pouco antes de voltar aos aposentos principais para ajudá-lo com a higiene matinal. Richard limitou-se a lavar o rosto e arrumar minimamente os cabelos curtos, sem se importar com a barba que começava a escurecer de modo quase imperceptível seu rosto — mas, ainda assim, intolerável para um lorde. Desceu as escadas com um aspecto não apenas sonolento, mas mal-humorado.

Percebeu que não era exatamente tarde, o que o fazia estranhar ainda mais a presença de Brandon. Ele não era conhecido por visitas antes do meio-dia, mas somente quando já havia curado a ressaca da noite anterior. O aspecto do Conde, para a surpresa de Richard, parecia demasiadamente apresentável em comparação ao seu próprio, que usava um robe composto sobre os pijamas e sapatos de dormir. Uma descomunal ironia ante o que os dois realmente eram.

Lilburn não escondeu seu divertimento ao ver a cara de Richard, sabendo que não precisaria nem abrir a boca antes de ser xingado, e foi o que aconteceu, fazendo-o sorrir ainda mais abertamente.

— Alegre-se, homem, e vista algo decente. Você tem uma exata hora para estar no seu escritório. Convenci Hammer a encontrá-lo.

Richard demorou alguns segundos antes de ligar o nome à pessoa, mas, quando o fez, despertou por completo — algo que a água não conseguiu fazer por ele antes. Resmungou que não demoraria para arrumar-se, e não o fez. O estômago reclamava de fome, posto que seu café da manhã fora reduzido a uma xícara de chá acompanhada por um único pedaço de bolo. Por sorte, Rosamund lhe entregou um pacote com comida o suficiente para alimentar um batalhão, antes mesmo que ele acertasse a cartola por sobre os cabelos alinhados, de modo que pudesse se alimentar no escritório ou no caminho até ele.

Richard não comentou, mas pensou ser completamente injusto o fato de ser limitado a uma marmita, enquanto Brandon sentara-se à sua mesa e pudera desfrutar o farto café da manhã por ela ofertado, bem como flertar à vontade com Rosamund, que ria corada ante às brincadeiras do Conde. Parecia que Brandon já tinha tudo organizado. A carruagem os esperava com a porta aberta quando os dois puseram os pés para fora.

— E não pense que eu me eximirei de fazer perguntas sobre o baile da noite anterior. Só estou esperando para que tratemos primeiro dos assuntos mais importantes.

A menção ao baile o fez lembrar-se novamente dos bons momentos desfrutados, trazendo para os lábios de Richard um sorriso satisfeito pela ideia tida antes de sair de casa. Não demorou, contudo, a responder o amigo.

— Quem o vê falar, imagina um grande homem de responsabilidades.

— E eu as tenho. Sou inteiramente responsável pelo meu prazer e pela minha alta estima.

Brandon não era relapso com os negócios, muito menos um gastador nato. Na verdade, havia certos botecos que ele frequentava que mal podiam ser chamados de espelunca. Seu maior defeito era gostar de contrariar tudo aquilo que lhe fora ensinado como correto. Seu administrador sabia sempre poder recorrer ao patrão, bem como que não deveria deixá-lo de fora do que acontecia com seu dinheiro, nem tentar evitar que ele fosse vistoriar alguma carga no porto, ainda que tal ato fosse inaceitável.

— Espero que seu menino não se espelhe nesse

exemplo.

— Irei mandá-lo para sua casa nas próximas férias escolares, assim ele poderá se espelhar em um grande homem de posses.

Aquela era uma ideia inadequada como um todo, mas Richard não se deu ao trabalho de respondê-lo, concentrado em parecer ainda mais mal-humorado do que o de costume para o encontro com Hammer.

Queria poder dizer que não gostara de seu aspecto. Que John Hammer era mal-educado e não se portava bem. Um homem sujo. Quando desceu da carruagem, já estava pronto para sua decepção. Preparado para deixar aquelas sedas de lado e conviver com o fato de que haviam lhe passado a perna. Não fora, entretanto, essa impressão que Hammer lhe passou quando entrou em seu escritório, e Brandon despediu-se dizendo ter mais o que fazer. As vestes simples estavam limpas, assim como a mão que apertou a sua de modo respeitoso. Ele não era desagradável, apesar de sua "profissão".

Hammer não fora direto ao ponto. Na verdade, os dois conversaram primeiro sobre o preço do trigo, o que servia para distrair Richard e deixá-lo confortável. Era desconcertante para o Duque saber que, além de roubar cargas pelos mares, o homem preocupava-se em ter alguns negócios honestos, e realmente não parecia em nada com a imagem mental por ele montada. Seria bom fazer negócios com aquele homem, muito melhor do que ser tapeado. Foi só então que Richard abordou o assunto de suas sedas.

Lara demorou a acordar e, quando o fez, ainda duvidava se estava ou não em um sonho bom, se espreguiçando demoradamente entre as cobertas. Tocou os lábios, como se ainda pudesse sentir os de Richard sobre eles, mordendo-os brevemente, sem em nenhum momento arrepender-se da ousadia a qual se dera o direito. Não que nunca tivesse beijado um homem nos lábios, mas os pequenos toques de lábios que dera outrora não poderiam ser comparados àquilo. Nada que lhe aquecesse o corpo e a fizesse ficar vermelha. Uma sensação de timidez, ao mesmo tempo que sentia poder entregar mais do que a vida ao sorriso que ele lhe dera antes de puxá-la novamente para si.

Lembrava-se de ter se afastado, sem vontade, dos braços dele, e de ele a ter guiado de volta para o salão de modo respeitoso. Lembrava-se de mais uma dança com um amigo antes de Eris arrastá-la de volta para casa. De tudo vivido na noite anterior, só os momentos nos quais estava perto do Duque se fixaram em sua mente, o resto parecia um borrão de pouco sentido.

Sentia-se leve o suficiente para voar, mas precisou que a criada praticamente a expulsasse da cama para sair dela depois de um café da manhã generoso. Havia uma certa sensação de moleza pelo corpo que ela tinha certeza de que não a abandonaria até vê-lo novamente, e Lara não via a hora que isto acontecesse. Uma pena que nenhum grande baile se aproximasse e que ela não tivesse exata certeza de quando poderia encontrá-lo e, quem sabe, até beijá-lo mais uma vez.

— Isso acabou de chegar para você, minha querida.

A voz da tia a distraiu de seus pensamentos. Margaret segurava uma caixa delicada e o cheiro que vinha dela era delicioso. Antes de abri-la, Lara apressou-se em pegar o jornal do dia que acompanhava a caixa, bem como o envelope sobre ele.

"Até a noite passada, era esse o meu sabor favorito. Espero que goste. Wanthrop"

O bilhete lhe arrancou um sorriso largo o suficiente para iluminar toda aquela manhã nublada. Escondeu-o antes de tirar o pacote das mãos da tia, repetindo uma frase cortês já lida antes quando ela perguntou o que estava escrito. O aroma de amêndoas vinha de um bolo realmente bonito, e, mesmo que estivesse satisfeita, Lara não resistiu a um pedaço, fechando os olhos quando a massa se espalhou por sua língua, fazendo-a suspirar.

Era um bom sabor, e ela jamais teria adivinhado que ele preferia os doces aos salgados. Fora uma boa surpresa, ainda que não tão boa quanto ele mesmo, e a atenção de mandar-lhe uma lembrança tão deliciosa ainda pela manhã. Comeu mais um pedaço de bolo antes de pegar o jornal que ele mandara junto com a caixa e o bilhete, dando uma risada sem motivo simplesmente por abri-lo, começando a dar atenção às notícias do dia.

— Esta carta acabou de chegar para a senhorita.

Daquela vez, quem a distraiu foi a criada quando entrou no quarto, entregando-lhe o envelope antes de olhar para o bolo, confusa, mas tratando de levá-lo consigo quando saiu dos aposentos. Margaret, que se concentrava nos próprios afazeres, em uma cadeira próxima à sobrinha, não demorou mais do que alguns minutos para perguntar.

— E, então, do que se trata, minha querida?

— A Duquesa de Wanthrop me convida para o chá da tarde — Lara disse com um sorriso, levando contentamento também aos lábios da tia, enquanto lhe estendia a mão para ler o bilhete. Este, ao contrário do outro, lhe foi prontamente estendido.

Lucretia chamá-la era um bom sinal, ainda que não significasse que ela veria Richard. A maioria dos homens deveria aproveitar a amena hora do chá em seus clubes de cavalheiros — ou assim ela pensava. O convite deu-lhe algo pelo que esperar até o final do dia. Por fim, saiu para a biblioteca, levando consigo o jornal, ainda que não mais tivesse esperanças de conseguir se concentrar em sua leitura.

— Eu gostaria que o senhor começasse com os preparativos. Meu administrador lhe pagará o adiantamento necessário e você deverá tratar com ele acerca de qualquer problema. Eu quero que o mantenha informado sobre tudo.

— Eu o informarei, Excelência.

Hammer balançou a cabeça positivamente à fala de Richard. Fora uma boa ideia deixar que ele puxasse o assunto daquela reunião. Aquele era um homem honrado, não acostumado àquele tipo de negócios. Era notável, todavia, que estava ainda menos acostumado a ser passado para trás. Hammer tinha alguma honra, diferente da de Richard, mas perceber que aquela honra existia fora essencial para que o Duque não abortasse de todo a ideia da transação entre os dois.

Quanto às sedas, Hammer pensava saber quem estava em posse delas. Nada era de todo escondido nas piscinas do Tâmisa. Precisaria de um bom planejamento para reaver a carga, mas não seria impossível. Teria que roubá-la quando ela estivesse chegando a Londres, e depois afastá-la da cidade e devolvê-la ao Grand Queen. Aquilo levantaria menos suspeitas quando as sedas pudessem desembarcar. O problema principal seria onde localizar a carga, mas conhecia algumas pessoas que o poderiam ajudar naquela tarefa. Explicou para Richard sua ideia, que foi aprovada, bem como os custos dela, dos quais ele não reclamou.

Um contrato daquelas proporções, sem dúvidas, resolveria quase todos os problemas de Lara, foi o que pensou Hammer. A venda do navio após a sua execução seria o suficiente para o pagamento das dívidas e liberaria Lara do encargo de liderar um negócio para o qual não fora forjada, ainda que fosse boa nele. Era uma moça fina e boa que não merecia passar por aquele tipo de situação.

Lembrou-se da pobre senhora Hale, que perdera o chão com a morte do marido. Teriam que constituir uma pequena renda para manter a senhora depois que a sobrinha casasse, ainda que soubesse que Lara jamais abandonaria a tia financeiramente. Ninguém merecia viver de favores, e Margaret também tinha seu orgulho, ainda que pequeno. Far-lhe-ia bem saber que o marido a quem tanto adorara, mas a quem nunca pudera dar um filho, a deixara confortável, mesmo que não fosse tal conforto mérito do falecido. Ele o teria feito.

Quando os dois homens se despediram em um cumprimento educado, Richard estava um pouco mais aliviado, sem saber exatamente se por ter terminado uma conversa constrangedora ou ante a perspectiva de ensinar uma lição para quem o roubara.

Somente com a partida de Hammer ele teve tempo de concentrar-se no seu café da manhã. Sorriu com o primeiro pedaço do bolo de amêndoas que Rosamund reservou para ele, se perguntando se Lara já havia recebido o que ele pedira para ser enviado a ela. O teria desfrutado tanto quanto agora ele o desfrutava? Pensar que não havia sabor melhor do que os lábios dela sob os dele fazia Richard acreditar ser um tolo por parecer com um adolescente que acabara de conhecer sua primeira mulher.

Aquele beijo serviu apenas para intensificar um sentimento de posse que ele sentira desde a primeira vez que a viu. Tinha sorte de ela ser uma dama respeitável, ainda que o fato de o ter deixado beijá-la devesse ser o suficiente para que ele pensasse que não. Richard, porém, sabia que ela se sentiu de modo muito similar ao que ele se sentira, ainda que o mais provável fosse que ela não tivesse passado toda a noite a ser incomodada pelo próprio desejo, enquanto ele tivera problemas em conter o próprio corpo ao levá-la de volta ao salão de baile. Problema este completamente diferente do ciúme por ele sentido enquanto ela dançava com outro homem.

Seu bolo favorito fora relegado a um papel tão desimportante na sua vida que Rosamund se ofenderia se o descobrisse — ou talvez ficasse tão contente em vê-lo interessar-se por alguém que relevasse o fato. Tão desimportante que Richard o comia quase sem sentir seu gosto, ao se lembrar da noite anterior, fato do qual arrependeu-se amargamente quando seu administrador entrou em sua sala com uma série de problemas a resolver, sendo o primeiro deles um bilhete de sua mãe que acabara de chegar — este levado para o final da pilha. Não havia dúvida que seu almoço também estaria prejudicado, e aquilo não ajudava o humor de Richard a manter-se elevado.

Não estava errado na suposição acerca do almoço, mas enganara-se quanto ao conteúdo da carta da mãe, que o convidava a juntar-se a ela no chá da tarde, ao invés de debandar para aquele detestável clube de cavalheiros. Um convite inocente, no qual ela garantia de antemão que não pensava em estender a mais do que duas pessoas, dentre elas a prima dele, Georgeana, que, em breve, voltaria para o interior.

O fato de ter levado a carta para o final da pilha fez com que Richard mal tivesse tempo de informar ao seu administrador os últimos detalhes sobre os negócios dos quais estavam previamente tratando antes de ter que partir. Não queria chegar atrasado, ainda que não se tratasse de um compromisso importante, principalmente ante a perspectiva de uma refeição que tivesse a possibilidade de ser bem aproveitada.

Capítulo 9

Richard se forçou a um sorriso quando a empregada o informou que sua mãe já o esperava em sua saleta particular. Lucretia não se utilizara de seus famosos eufemismos quando dissera que não convidaria muitas pessoas. Além dela própria, apenas Georgeana, Rosamund e Lara estavam na sala, parecendo entretidas com qualquer que fosse o assunto que discutiam. Não foi intencional da parte dele perder o fôlego quando observou a nuca da mulher em quem passara boa parte de seu dia pensando. Se ela tivesse lhe dito que também perdera o fôlego mesmo antes de olhá-lo, era provável que ele não acreditasse, ainda que fosse verdade. O olhar dele fez com que todo o corpo dela queimasse e Lara mal conseguira ocultar o sorriso largo que nasceu em seus lábios quando Lucretia desviou o olhar para a porta da sala.

— Infelizmente, tivemos que começar o chá sem você, mas sente-se, meu querido. Os biscoitos ainda estão quentes.

Lucretia jamais teve a intenção de esconder de ninguém sua malícia, tanto que os lugares da pequena sala foram aprontados com especial cuidado para que Richard não pudesse sentar-se em outro canto que não ao lado de Lara. Ela, apesar do leve rubor das faces, o cumprimentou com a cortesia que lhe era devida, enquanto Rosamund lhe servia uma xícara de chá, já que a criada fora dispensada.

— Eu fico feliz em poder agradecê-lo pessoalmente pelo bolo que me enviou, estava realmente delicioso.

— Espero que também agradeça a Rosamund por ele. A lembrança deve-se unicamente ao talento dela na cozinha.

Antes que ela pudesse responder, foi Lucretia quem interferiu, estreitando a sobrancelha ao se voltar para o filho.

— Você enviou um bolo para senhorita Hale, Richard?

O comentário tinha um inegável tom de censura. Ante o círculo íntimo dentre o qual estavam, Richard não ousava duvidar que sua mãe o repreenderia na frente de outras pessoas, enquanto ele se via com fome e sem bom humor suficiente para suportar tal afronta, ainda mais constrangedora por estarem na frente de Lara. Às vezes, Lucretia se excedia nos papéis que tencionava desempenhar, e ele pretendia tolher-lhe as intenções com o olhar de advertência e o tom de voz severo.

— O fiz e me alegro que ela tenha gostado.

Sua mãe não se deixou abater. Revirou os olhos com certa indignação, como se o pecado dele fosse maior do que atentar contra a vida da rainha. As suas próximas palavras não foram a ele dirigidas, mas à Lara, fazendo com que Rosamund e Georgeana, como Richard bem notou, olhassem de uma para outra, segurando o riso.

— Minha queridíssima senhorita Hale, espero que perdoe meu filho pela indelicadeza. Ele não queria enviar-lhe a mesma lembrança que se manda para uma senhora casada ou uma pessoa enferma. Admira-me apenas que minha querida Rosamund tenha seguido tão bem um pedido tão insensato.

Lara e Richard observaram Rosamund corar violentamente, mantendo-se calada em seu próprio canto ante a repreensão indireta. Richard já estava pronto para responder à mãe, quando Lara interferiu, com um sorriso discreto nos lábios.

— Em nenhum momento assim o interpretei, minha senhora. Jamais havia provado um bolo tão delicioso.

Richard não escondeu o sorriso largo da mãe ante a resposta, limitando-se a comer um dos biscoitos que estavam sobre a mesa enquanto a observava com ar de vitorioso. Lucretia quis sentir-se ofendida, indignada, e certamente desejou poder dar uma resposta ferina, mas tudo no que conseguiu pensar é que seu filho fazia um bom par com Lara, e que Deus a protegesse daqueles dois juntos. Nada a impedia, contudo, de buscar algum auxílio para que, se não pudesse ter Lara ao seu lado, alguém o estivesse no pequeno embate contra os dois.

— Compreendo seu argumento, minha querida, mas não podemos nos esquecer que a boa etiqueta prega não ser exatamente adequado presentear uma jovem moça com um bolo ou uma cesta de frutas. — Virando-se para Georgeana, ela perguntou com um olhar que não admitiria uma resposta diferente das de seu pensamento. — Minha queria Georgeana, o que você faria se nosso estimado Henry a presenteasse com uma cesta de frutas semanas antes do casamento?

— Eu teria atirado todas elas na cabeça dele — Georgeana disse, com um sorriso calmo, fazendo Lucretia sorrir com a vitória. Antes que pudesse comemorar, ela complementou: — Mas não estamos falando de frutas, querida tia, mas de um bolo feito por Rosamund. Se Henry tivesse me presenteado com um deles eu teria dado um jeito de roubar Rosamund para mim, se esse fosse o caso.

Lucretia tornou a murchar, dessa vez, voltando-se para Rosamund como sua última cartada, ainda que sua esperança naquela pequena ingrata fosse pequena, pois que já a observava com um sorriso estampado no olhar por cima da xícara de chá que bebericava.

— Imagino que você também preferiria bolos a flores, Rosamund.

— Na verdade, Vossa Excelência já sabe que eu não gosto de bolos, eles decerto não me agradariam. — Lucretia, que esquecera aquela pequena informação sobre a garota, sentia-se à vontade para sorrir novamente, porém, Rosamund ainda não havia terminado. — Mas flores também não me serviriam muito.

Ela manteve-se calada sobre qual seriam suas preferências, fazendo com que Richard sorrisse, enquanto Lucretia se voltava indignada para o próprio chá.

— Minha mãe, deve aceitar que as mulheres desta sala são bem mais particulares do que a nossa boa etiqueta está acostumada a lidar. Tolo seria o homem que caísse de amores por Rosamund se não lhe oferecesse um livro. E não a culpe por ter seguido uma expressa ordem minha ao enviar o bolo para a senhorita Hale.

Lucretia sentia-se demasiada frustrada. Não podia ter toda uma sala voltada contra si, quando tudo o que ela queria era instruir o filho quanto ao modo adequado de tratar uma dama — o que ela pensava ter feito de forma correta até aquela tarde. Um bolo. Certamente, um bolo não era um presente adequado, ainda que devesse admitir que o bolo de amêndoas de Rosamund era um dos poucos alimentos dos quais ela sabia que jamais se cansaria.

— Então considera-me sem nenhuma particularidade por agradar-me imensamente por ganhar flores?

— Jamais cometeria tamanho desatino. A senhora, minha mãe, tem mais particularidades do que a mais misteriosa das damas, mas tenta nos enganar ao alegrar-se com simples flores.

O comentário quase a fez sorrir, mas Lucretia não deu tal prazer ao filho, continuando muito calada pelo resto do chá, enquanto os outros quatro mantinham uma conversa polida sobre bolos e flores, que a irritou o suficiente para que fosse ela quem apressasse o final do chá — para a eterna frustração de Richard, que teria ficado feliz em ganhar mais alguns biscoitos —, declarando que deveriam partir naquele momento para a planejada caminhada. A carruagem já estava pronta e sem a capota, permitindo que os seus ocupantes aproveitassem a vista, bem como se deixassem ser vistos. Nada no mundo pôde convencer Rosamund a acompanhá-los, mas Lara a fez prometer que receberia uma visita dentro em breve da garota de quem gostara de imediato, mesmo que não tivesse entendido bem seu papel naquela casa.

O caminho até o parque fora tranquilo e Lara divertiu-se com as conversas na carruagem. Georgeana contava acerca dos progressos da propriedade onde vivia com o marido do mesmo modo que falava do crescimento dos próprios filhos. Quando chegaram ao Hyde Park, foi Richard quem primeiro desceu da carruagem, ajudando cada uma das damas a fazer o mesmo. Ele queria ter o prazer de caminhar com Lara a sós, mas jamais ousaria dar qualquer indício sobre aquele desejo. Sua mãe, para sua sorte, fora mais indiscreta em separar os pares, agarrando-se ao braço da sobrinha e arrastando-a para longe dos dois. Richard deveria repreendê-la, mas sua vontade real fora de agradecê-la.

Lara não desconhecia de todo os arroubos de Lucretia, mas não pôde esconder o brilho no olhar quando ela lhe piscou, do modo mais discreto possível, antes de pegar a sobrinha pelo braço e partir pelo parque na frente dela e de Richard, como se tivessem chegado ali completamente desacompanhadas — o que não seria bom para nenhuma reputação. Seu coração batia forte quando ele lhe estendeu o braço para que se apoiasse nele enquanto caminhavam. Richard estava particularmente elegante ao caminhar, a cartola posicionada sobre a cabeça e a casaca bem ajustada ao corpo. Tal fato não era uma novidade, mas ela não podia evitar olhá-lo com admiração, enquanto os olhos se encontravam em uma troca silenciosa de sorrisos e segredos.

Os dois estavam envoltos em seu universo particular, seguindo Lucretia a uma distância suficiente para manter as aparências, mas longe o bastante para que pudessem ter um momento só para si. Ela agradeceu mais uma vez pelo bolo, comentando bem-humorada sobre o jornal que o acompanhara. Ele perguntou sobre o bilhete e sorriu ao vê-la corar, sentindo um desejo quase irrepreensível de tocá-la no rosto. Mesmo quem os olhava de longe, portados como um adequado par, poderia adivinhar que havia algo no ar que os envolvia, pelo menos até Richard enrijecer ante o homem que, alguns metros à frente, cumprimentava sua mãe.

Percivald Fleming parecia suado e apressado, mas nem isso o impediu de estender sua mão de sapo gorda e seu sorriso bexiguento para Lucretia, a mais cortês de todas as damas da sociedade. Georgeana também foi efusivamente cumprimentada, antes que o homem voltasse sua barriga ampla para Richard, que se mantinha sério, já muito mais perto da mãe e da prima.

— Sempre um prazer encontrar tão valoroso grupo. Vejo que está bem acompanhado. Senhorita Hale, é sempre um prazer ver tamanha beleza.

Lara não gostara do modo como ele falara a palavra *tamanha*. Ela sabia ser uma mulher grande e escutava aquela chacota desde que entrara na escola para moças. Não se deixou abater, mas sim, deu um sorriso amplo enquanto o cumprimentava.

— Obrigada pelo elogio. Também é um prazer vê-lo.

A resposta fora dada apenas por educação. A verdade é que ninguém daquele grupo gostaria que Fleming se convidasse para fazer parte dele — uma indiscrição que todos sabiam ser ele capaz.

— É sempre um prazer... Uma pena precisar partir agora. Excelências, senhorita Hale.

Fleming fez um curto cumprimento antes de se afastar. Lara esperou que ele estivesse longe o suficiente e, sem conseguir mais conter a língua dentro dos lábios, disse entredentes:

— Não é um prazer ver a sua *tamanha* barriga, senhor.

Richard franziu o cenho ao escutar o comentário. Deixou que a mãe se afastasse um pouco mais, antes de apertar a mão repousada na curva de seu braço.

— Pelo visto, o encontro a irritou um pouco.

— Bem como a você, apesar de ele não o ter chamado de *tamanha* qualquer coisa.

Richard passou um segundo, talvez dois, até entender o que a ofendera, e estreitou o cenho quando o fez. Quase do seu tamanho, com os cabelos loiros iluminados pelos raios de sol que os faziam ainda mais dourados e brilhosos, era uma mulher linda que ele tinha o prazer de observar. Ela era mais alta do que a sociedade considerava aceitável, o corpo tinha curvas mais abauladas, mas, nem por isso, menos bela.

Lara sentiu as bochechas corarem com a intensidade do olhar dele. Estava acostumada a ser medida com os olhos nas mais diversas situações, fosse pelas outras damas ou por homens nos salões de dança. Até mesmo aos olhares de Richard estava começando a se acostumar, mas ainda não o suficiente para, tão próxima a ele, não sentir vontade de fugir da intensidade daqueles olhos azuis.

— Algum problema, Excelência?

— Você tem o tamanho exato para que eu a beije sem ficar com dor nas costas. É uma pena que eu não possa fazê-lo agora sem comprometer sua reputação.

Voltou a caminhar com uma calma que não tinha, enquanto apertava mais forte a mão dela na curva de seu braço, daquela vez irritando-se mais com Fleming por algo que ele fizera a alguém que não ele próprio, ao mesmo tempo que seu pensamento estava longe de importar-se com o homem. Podia tentar deixar primeiro a mãe e a prima em casa, tendo assim uma desculpa razoável para ver-se sozinho com Lara dentro da carruagem. Nenhuma privacidade iria advir de tal fato, que não a possibilidade de segurar-lhe discretamente pela mão quando seu desejo mais íntimo era tê-la entre os braços. O fato de esquecer-se até que estava com fome ao lado daquela mulher não era de todo estranho quando ela lhe despertava uma ainda mais atroz — além de desejos carnais — fome também de cuidado.

Seu plano para tê-la só para si falhou miseravelmente, mas não havia mais nada a fazer quando a carruagem parou na frente da casa dos Hale.

Pelo menos, Richard pôde jantar em paz, uma injusta compensação por agora seu corpo não precisar unicamente de comida, mas sim de Lara. De seu sorriso aberto quando se despediram mais cedo com Lucretia e Georgiana ainda na carruagem.

Naquela noite, resolveu ir cedo para a biblioteca, antes mesmo de encontrar a mãe no salão de jogos, como era de hábito quando os dois encontravam-se em casa. Sua fuga não impedira Lucretia de procurá-lo, como a mãe zelosa que era.

— Um bolo de amêndoas?

— A senhora não irá esquecer nunca essa história? — perguntou, levando a mão aos cabelos, olhando-a levemente aborrecido. — Pensa que eu a aborreci com um bolo?

— Tenho certeza de que não o fez.

Nenhuma mulher aborrecida daria a resposta que ela lhe dera, muito menos passaria a tarde sorrindo agarrada no braço de quem a aborrecera. Além do que, ninguém em sã consciência se aborreceria em receber um bolo de amêndoas feito por Rosamund. O que a intrigava, mais uma vez, era a atitude pouco convencional de seu filho de dividir com uma desconhecida algo que ele tanto gostava.

— Você gosta dela?

— O que lhe parece, mãe?

À Lucretia parecia que Richard não era mais o menino que buscava esconder-se embaixo das suas saias para escapar das lições de línguas, fato que fazia com que seu coração batesse de uma forma estranha. Ao contrário do que qualquer dama deveria fazer, ela se aproximou do filho e o beijou na testa alva depois de afastar-lhe os cabelos negros. Igualmente estranho fora ele aceitar ao beijo com um sorriso, quase que fechando os olhos para receber o carinho.

— Eu estou contente pela sua escolha, apesar de que eu tema que a minha aprovação acabe por fazer você mudar de ideia.

— Não desta vez, mãe. É terrível admitir, mas desta vez você está certa.

— Eu sempre estou, querido — ela disse com um sorriso, sem demorar a afastar-se dele e sair da biblioteca, agradando-o ao deixá-lo com seus próprios pensamentos.

Estava perdendo o coração do seu menino para outra mulher. Antes de dormir chegaria ao consolo de que seria por uma boa.

Capítulo 10

Ao sair da reunião com Wanthrop, Hammer sabia que o certo a fazer era procurar Joanne, antes mesmo de informar Lara sobre as novidades. Se suas suspeitas estivessem corretas, não tinha muito tempo a perder. Precisava encontrar o navio que estava com as sedas e pará-lo antes que se aproximasse do Tâmisa. Não haveria Netuno para ajudá-los naquela empreitada se a embarcação que estava com as sedas do Duque fosse uma das de Defoy, como ele supunha.

O adiantamento pago foi generoso. Se conseguisse recuperar aquelas sedas, seria o fim dos problemas de Lara. Venderiam o navio e ela ficaria livre para procurar um marido, além de ter um dote para lhe dar. Hammer sorriu satisfeito para si mesmo quando entrou no Little Mindy, cumprimentando parte da tripulação, enquanto perguntava onde o capitão O'Nell estava, sendo levado a olhar para o topo do mastro.

O corpo magro a ajudava a se mover bem por dentre as cordas e caibros, e era como admirar um bonito espetáculo vê-la cuidando do navio como de um pequeno bebê. Sorriu, apesar da ironia. Não pensava que Lara fora feita para aquela vida, mas ao olhar para Joanne, não conseguia imaginá-la em outra. Os mais antigos na tripulação do Little Mindy sabiam que seu capitão se tratava de uma mulher. Alguns deles até a viram nascer, se não, a conheceram quando era uma garotinha miúda, que sempre andava atrás do pai, em calças curtas reservadas para moleques. Ela havia se tornado um capitão tão bom quanto o velho O'Nell, mas isso não significava que os homens mais novos precisassem saber que o então capitão era, na verdade, capitã.

— O'Nell, eu preciso falar com você — Hammer berrou de baixo, fazendo com que ela procurasse a origem da voz e sorrisse ao vê-lo.

— Vá para a minha cabine, homem. Não nasceu de sete meses e pode me esperar um pouco se estiver sentado.

— Eu posso esperá-lo de pé enquanto o vejo trabalhar.

Foi isso o que fez, deixando-a em paz com seu navio, sem se incomodar em, de quando em quando, ajudar os homens da tripulação em pequenas tarefas, ainda que não tivesse muito a fazer por ali. O'Nell não demorou a firmar os pés descalços no piso do navio, batendo em suas costas antes de conduzi-lo para a cabine.

O local era como deveria ser a cabine de qualquer capitão. Quase limpo, organizado e o suficiente arejado. Steve terminava de organizar alguns papéis e um bichano de pelo amarronzado saltitou até o capitão, esfregando-se nas suas pernas até ser colocado no colo. Decerto, não parecia um gato simpático com aquela cara amassada e o corpo muito magro, mas Joanne parecia feliz em lhe dar um pedaço de qualquer coisa que guardava no bolso antes de soltar novamente a criatura no chão.

Hammer cumprimentou o primeiro imediato do navio como se cumprimenta um velho amigo, e não se fez de rogado quando lhe foi oferecido o vinho, bem como um assento à mesa para que os dois pudessem começar a conversar.

— Fique, Steve. Talvez você possa ajudar nisso. Alguém de vocês sabe se algum dos navios de Defoy está trazendo uma carga de seda para cá na próxima semana? — começou perguntando, mas não demorou a contar para os dois sobre a reunião daquela manhã.

Joanne começou a montar mil conjecturas, sendo acalmada pela mente mais crítica de Steve, que, nas próprias hipóteses, era um pouco menos empolgado e mais realista.

— Eu acredito que o Little Mindy pode realizar esse trabalho. Pensei que as sedas poderiam ser levadas até um porto próximo por vocês e ser repassada para o Grand Queen. É importante que elas sejam desembarcadas pelo mesmo navio que deveria tê-las desembarcado semanas atrás, de modo a não levantarmos nenhuma suspeita sobre o Duque. A tripulação pode esperá-los em Calais, onde o Grand Queen ainda está parado para reparos. Minha principal preocupação agora é saber onde está o tecido.

— Pode conseguir a informação? — Joanne perguntou, bebendo um gole do próprio vinho.

Não havia como suspeitar tratar-se de uma mulher, principalmente quando tinha o rosto sujo e calças tão largas como aquela. Nenhum dos homens entendia e nem perguntava o porquê do constante uso de faixas do peito até os quadris, mas os mais diversos tipos de boatos acerca de uma ferida terrível que nunca cicatrizava rondavam os sete mares. Joanne fazia de conta que não sabia dos rumores, mas os agradecia, já que o único motivo das faixas era esconder os seios e deixar o resto do peito um pouco mais largo, disfarçando também a cintura fina.

— Em alguns dias, sim. Mas quero que vocês se preparem para zarpar a qualquer minuto.

— Estaríamos prontos agora se você precisasse.

Hammer sorriu, estendendo a mão para os dois enquanto agradecia. Ainda havia muito a fazer e, por isso, não aceitou o convite para almoçar no navio, apesar de a recusa também se dever ao fato de o cozinheiro do Little Mindy guardar a fama de ter o pior ensopado da face da terra.

Dentre todos os desprazeres do mundo, o maior deles era o tempo. As mulheres reclamavam dele por lhes presentear com rugas, tirando delas o viço da tenra idade. Os cavalheiros, por sua vez, pelas oportunidades que ele lhes roubava. Richard, entretanto, não podia reclamar do passar do último mês, muito menos dos rumos que sua vida tomara durante ele. O tempo o fizera conhecer uma dama e encantar-se por ela, e todos os homens deveriam conhecer a sensação boa que era estar apaixonado.

Para nenhum homem, mulher, menino ou amigo próximo, Richard comentara qualquer coisa a respeito. Nem mesmo sua mãe conseguira lhe arrancar quaisquer outras palavras sobre Lara, ainda que não fosse de todo incomum achá-los dançando juntos em um baile, ou trocando cortesias em encontros casuais entre as ruas e eventos de Londres. Não havia modo mais próprio e respeitoso de um homem cortejar uma dama, ainda que tivessem momentos em que os dois se escondiam de toda sociedade e trocavam beijos que lhes tiravam o fôlego, opiniões impróprias e até mesmo brigavam.

Richard havia aprendido que a melhor forma de calar Lara — para não dizer a única — era beijando-a. Não foram poucas as vezes as quais teve que se utilizar daquela estratégia vã. Ela tinha uma opinião para tudo e, por diversas situações, os dois discordaram ferrenhamente do ponto de vista um do outro. O que o fascinava era o fato de ela desafiá-lo, fazê-lo pensar mais do que a maioria dos homens com quem conversava para encontrar um bom argumento e defender seu ponto de vista — ponto este que não somente uma vez se modificou após uma discussão acalorada, fosse ela pessoalmente ou por pequenos bilhetes e grandes missivas trocados durante os dias.

Ele nunca dava o braço a torcer, como Lara já tinha percebido, mas sabia que sempre que ele percebia estar errado ela ganhava uma pequena lembrança. Lembranças essas prontamente retribuídas quando era ela quem mudava de opinião, ainda que Lara sentisse um pouco menos de pesar em admitir que fora vencida. Às vezes, a derrota poderia ser doce, principalmente se a briga fosse cara a cara e ele resolvesse brindá-la com um daqueles beijos suaves que acabavam por tirar o fôlego dos dois e revelar-se uma enorme tortura.

A fita rosada caiu do papel logo que ele o desenrolara, e Richard não precisava ler seu conteúdo para saber que conseguira fazê-la entender o porquê de sua discordância com o mais recente decreto real, mas deleitou-se com as palavras ainda assim. Levou a fita ao lábio superior enquanto o lia, desejando poder encostar o nariz na curva entre o pescoço e o ombro de Lara, escutando-a admitir de modo dramático sua derrota antes que ele pudesse beijá-la ali. O pensamento o fez precisar de uma bebida e, após guardar a missiva e o pequeno tesouro conquistado no bolso interno de sua casaca — longe dos olhos de qualquer abelhudo e perto o suficiente para lhe aquecer o peito —, observou as horas, percebendo não ser tarde para uma visita ao seu clube de cavalheiros.

Foi recepcionado com a cortesia de sempre e não teve como se esquivar de alguns cumprimentos vazios enquanto buscava um lugar para si. Foi Brandon quem chamou sua atenção em uma das mesas de xadrez. Fazia muito desde a última vez que o vira, e cumprimentou-o com real contentamento, antes de sentar-se a seu convite, pegando para si um charuto enquanto tratava o outro de organizar as peças do tabuleiro.

— Fiquei sabendo que teve que fazer uma pequena viagem ao interior. Problemas na propriedade?

— Nada que não pudesse ser resolvido com facilidade. Um dos moradores teve alguns problemas no terreno e eu preferi verificar a situação pessoalmente antes de autorizar meu administrador a fazer os gastos necessários — ele respondeu sério, mas precedeu sua fala com um sorriso antes de mover a primeira peça do tabuleiro. — Tenho uma irrefreável curiosidade quanto aos seus negócios, já que dos meus estive satisfatoriamente cuidando.

Richard pensou em dar uma resposta evasiva, desviando o assunto para o bom negócio que fizera com a carga de tabaco que ele lhe repassara, ou mesmo comentar que um carregamento de açúcar estava para chegar com um bom preço, mas sabia exatamente a que Brandon se referia. Não tinha muita paciência com aquele negócio em particular e demorou refletindo em qual seria a jogada apropriada para derrotá-lo no xadrez e na curiosidade.

— Eu fechei o negócio naquela reunião. Aparentemente, ele conseguiu rastrear o navio com a carga.

Brandon sabia quais os próximos passos e sorriu ante a jogada do amigo, se perguntando se deveria logo inquiri-lo sobre os rumores que escutara sobre ele ou deixar o jogo seguir um pouco mais. Tirou uma baforada do próprio charuto e fez uma jogada descuidada que daria uma vantagem ao seu adversário no xadrez, mas que também animaria Richard o suficiente e o tornaria mais receptivo às perguntas. Teria que tomar cuidado para que ele não percebesse sua estratégia, o que faria seu esforço ser em vão. Richard não tomara com maldade o movimento descuidado, posto que sorria antes de debochar.

— Aparentemente, sua curta estadia no campo o fez perder algumas habilidades.

— Ou talvez eu tenha bebido pouco *brandy*.

Brandon tomou mais um gole antes de pedir um copo para o amigo, que prosseguia com sua jogada. Não havia forma de Brandon não perder uma peça no próximo movimento. A jogada seguinte seria mais cuidadosa de modo a não ofender a inteligência do amigo. Richard sorriu ante o xeque, bebendo alguns goles da bebida recém-servida para si, antes de fazer a segunda jogada. Percebeu que Brandon fora mais cuidadoso ao mover a peça e agradeceu mentalmente, não querendo que o jogo se transformasse em um desafio bobo sem nenhum poder de distraí-lo. Ele fora para o clube com a intenção de não deixar a mente vagar pelo único assunto que a povoava quando estava no escritório, ainda que os pequenos tesouros no bolso interno de sua casaca mantivessem tal assunto próximo.

Brandon sentia-se contemplado ao ver o amigo distrair-se com o jogo, o charuto e a bebida, ainda que estivesse miseravelmente perto de perder a partida. Sua última jogada já estava planejada e não seria mover uma peça, mas a pergunta que fez antes de Richard mover o bispo para dar o xeque em sua torre.

— Agora irá me permitir a curiosidade de perguntar-lhe como está a senhorita Hale. Não precisei sequer encontrá-lo para escutar comentários acerca de vocês dois. Todos acreditam que o pedido será feito em breve, e eu suponho que, como seu amigo, mereço a informação em primeira mão.

A reação de Richard, como esperado, foi enrijecer na cadeira onde estava, olhando para as peças, sem saber exatamente qual delas mover. Não é como se ele pudesse negar a fala do amigo, mas jamais se sentiu confortável em alimentar fofocas sobre si mesmo, muito menos em um assunto tão pessoal. Não só havia verdade no comentário dele sobre Lara, mas também quanto à amizade dos dois. Nenhum outro homem ousaria confrontá-lo tão abertamente como Brandon, e não apenas por ele possuir a coragem dos loucos, mas porque, apesar das diferenças, os dois eram próximos o suficiente para que certas prerrogativas fossem concedidas. Richard quase corou, o que o fez levar o copo novamente aos lábios antes de mover sua peça — perdendo uma boa chance de tirar a torre de Brandon do tabuleiro — e respondê-lo.

— Ainda que seja sua pergunta inconveniente, dou-lhe o direito de saber em primeira mão que, sim, pretendo pedir a senhorita Hale em casamento até o final do mês.

Não é que ele tivesse medo de perdê-la, mas ele tinha desejo demais em tê-la para poder esperar um pouco mais. Já lhe bastaria a demora do noivado, que, para não levantar suspeitas infundadas, deveria ter, no mínimo, seis meses. Richard só não entendeu a reação do amigo que, depois de olhá-lo sério, caiu na gargalhada, como se a mais engraçada sátira lhe tivesse sido contada. Brandon precisou respirar fundo algumas vezes para não acabar se engasgando com a fumaça do próprio charuto, bem como para que não chamasse atenção demasiada para os dois, o que faria sua conversa ir quase toda por água abaixo.

— Você está arruinado, meu caro Wanthrop.

Ainda conseguiu dizer entre uma risada e outra, procurando observar as peças e tirar toda vantagem que conseguisse da jogada descuidada de Richard. Agora que sabia o que queria, pretendia recuperar-se no tabuleiro. Ante a cara confusa que o amigo lhe fazia, sem prestar atenção que agora era sua torre que estava comprometida, Brandon completou:

— Você está notavelmente apaixonado. Não há nada que arruíne mais um homem. Boa sorte — falou baixo, mas bem-humorado, antes de uma pequena repreensão pela demora de Richard ao mover sua próxima peça.

Definitivamente, fora uma excelente jogada desconcertá-lo até fazê-lo perder o jogo e lhe pagar a próxima rodada de *brandy*.

Enquanto os divertimentos masculinos envolviam álcool e charutos, restava às mulheres os delicados conjuntos de chá, servidos com biscoitos finos e regados por conversas extremamente interessantes acerca de como o vestido de uma das damas não presentes fora inadequado para o último baile, ou como outra delas tivera uma conduta escandalosa ao simplesmente segurar a mão de um afamado libertino no meio do Hyde Park. Por óbvio, Lara não estava se divertindo, ainda que ela estivesse naquela sala por livre e espontânea vontade. Ou, pelo menos, quase. Aquele não era um chá para amigas, mas unicamente para mostrar-se sociável ao mundo, uma necessidade constante em Londres.

Carole Mortimer, a anfitriã da tarde, era, sem sombra de dúvidas, uma das mais irritantes ocupantes da sala. Não havia outro assunto que não envolvesse seu casamento iminente. Como seu querido noivo, o valoroso Lorde Bolton, era gentil e atencioso. Como sua mãe comprara uma renda francesa belíssima para o vestido de noiva ou como os preparativos para a festa estavam correndo a todo vapor. Era uma pena que os biscoitos que Lucretia mandara como pedido de desculpas por não comparecer haviam acabado. Pelo menos, Lara tinha o consolo de que Eris parecia tão irritada quanto ela, com o rosto fechado para o mundo, o que não era de todo incomum.

Acabou por sentar-se perto da amiga, não se incomodando se Carole depois iria passar as próximas semanas olhando-a com mais desprezo do que o habitual. Não era como se realmente se importasse com a opinião da outra, que estava muito malvestida com aquela gola de babados bastante inadequada para quem se dera o direito de comentar sobre a roupa de todas as "amigas" que não se encontravam presentes. Eris desviou o olhar do pequeno caderno onde fazia algumas anotações para

Lara com um sorriso discreto de compreensão, que dizia exatamente o que ela pensava: "Eu disse para você não vir se não queria, mas você tinha que fazer a sociável". Não é que a outra não tivesse razão, é só que Lara não queria que ela tivesse.

Queria ter o prazer de distrair-se sozinha como Eris fazia. O último bom momento que tivera naquele dia fora antes de sair de casa, ao mandar a fita de cabelo para Richard. O pensamento a fez sorrir, tentando imaginar como ele reagira ante a pequena lembrança por sua vitória nos argumentos. Provavelmente, fora sua cara de boba que chamara atenção de Eris para si, que perguntou baixo o suficiente para que apenas ela escutasse.

— Está pensando nele?

Lara balançou a cabeça positivamente, lembrando-se das últimas cartas trocadas.

— Estávamos em uma discussão...

O tom sonhador e o sorriso nos olhos fizeram com que Eris percebesse que aquele não era o tipo de discussão com a qual devia se preocupar. Limitou-se a acenar levemente com a cabeça, fazendo mais uma pequena nota em seu caderno, antes de prosseguir o assunto com a mesma discrição de outrora, sem querer chamar atenção das outras moças.

— Acredita que ele irá propor?

— Eu não sei.

Nada nela negava que era isso que esperava. Tinha vontade de passar horas conversando com ele, beijá-lo até sentir o corpo derreter por inteiro. Queria acariciar-lhe o rosto e puxar o lenço sempre bem colocado que ele levava no pescoço, apenas para lhe dar um aspecto menos perfeito e mais humano. Queria uma coisa que nem sabia o que era, mas que sabia que ele tinha. Quando voltou a frequentar as atividades da temporada, não pensou em apaixonar-se. Pensou em ter um marido rico que resolvesse seus problemas. Entretanto, mesmo que Richard fosse pobre, ela seguiria aquele par de olhos azuis até o fim do mundo. Porque ela sabia estar apaixonada pelo modo que ele a olhava, fazendo seu corpo arrepiar-se; pelo modo como dançavam juntos; e até mesmo por como ele parecia irritado sempre que suas atenções não se voltavam para ele. Seu devaneio foi interrompido pela voz irritante de Carole.

— Senhorita Hale, Miss Murray, sobre o que conversam que parecem tão entretidas uma com a outra?

Todas as moças se voltaram para elas ao mesmo tempo. Lara sorriu, mas antes que pudesse dar uma resposta, Eris se antecipara, falando algo ainda melhor do que o que Lara pensara.

— Estávamos comentando acerca dessa bela gola de renda que *Miss* Mortimer usa no pescoço. Sem dúvidas, uma peça de valor imensurável.

Lara segurou-se para não rir da fina ironia empregada na voz de Eris, imperceptível para quem não a conhecesse. Pobre Carole, sorriu acreditando piamente ter sido elogiada. Se aquele era um mundo falso, nada mais justo do que adaptar-se a ele enquanto o chá não esfriava.

Capítulo 11

Ainda que preferisse deixar as coisas fora do conhecimento de sua mãe, pelo menos até que estivesse tudo acertado, havia apenas um pequeno detalhe que dependia dela, e que colocaria Lucretia precocemente a par das intenções de Richard. Lara, entretanto, não merecia um anel diferente do que fora dado a todas as duquesas de outrora, e ele não pretendia ofendê-la ao pedi-la em casamento com algo menos que isso. O problema é que sua mãe o guardava a sete chaves, já que, até a presente data, era ela a possuidora da joia. Naquele dia chegou cedo em casa, antes mesmo que Lucretia, que deveria estar em algum de seus passeios com as amigas. Aquilo fora estrategicamente planejado para surpreendê-la, o que certamente ocorreu quando ela chegou.

A Duquesa viúva aceitou com alegria a cortesia do filho durante todo o jantar, que lhe perguntou acerca de todos os assuntos que não o interessavam, mas dos quais ela adorava falar. Richard até mesmo aceitou acompanhá-la em um trágico recital de música no qual todas as moças que tocavam eram desastrosas. Richard sabia estar sendo óbvio em seu desejo de agradar a mãe e Lucretia sabia exatamente o que ele queria, mas aquele jogo entre mãe e filho continuaria até que um dos dois pusesse um fim nele, e, naquela noite, Lucretia não sabia se Richard conseguiria fazê-lo.

Ele havia passado boa parte do dia ensaiando como deveria pedir o anel para a mãe, o que era completamente descabido, já que a joia pertencia à sua herança, não realmente a ela; bem como aquele não era o pedido mais importante a ser feito por ele. Se mal conseguia encarar a mãe, como conseguiria olhar para a tia de Lara quando rogasse pela mão da sobrinha? Vira poucas vezes a simpática senhora e não passava por sua mente a possibilidade de ter seu pedido recusado; apesar disso, a mera lembrança de seu dever fazia com que uma pedra de gelo se formasse no estômago.

Tinha certeza de que Lara o queria, tanto quanto ele a ela, ainda que os dois escondessem tal desejo friamente sob uma boa capa de civilidade que, da parte dele, já estava prestes a se romper. Sua mãe, entretanto, era outra história. Lucretia já lhe havia dito que aprovava o relacionamento entre os dois, mas Richard queria que ela visse sua escolha não como algo prematuro, que enxergasse em Lara uma mulher digna o suficiente para ocupar o lugar que fora dela por tantos anos.

O jantar acabou e a sobremesa fora servida, bem como o chá logo após, e Richard ainda não havia encontrado as palavras corretas. Os dois já estavam quase no final da bebida quando Lucretia pediu que ele a esperasse um pouco na sala, que ela não se demoraria a voltar, posto que ainda queria falar-lhe algo. Ela não demorou, trazendo consigo uma pequena caixinha de joias.

— Eu mandei poli-lo na semana passada. Deveria tê-lo entregue antes, se realmente desejava que você encontrasse uma esposa, mas acredito não o ter feito tardiamente.

Não havia como não reconhecer o anel, pois que fazia um par perfeito com a peça que ele próprio usava no dedo. O brasão da família estava insculpido nos dois, mas enquanto a peça que ele tinha consigo desde a morte do pai era grossa e claramente masculina, a que repousava na caixinha em suas mãos era fina e delicada, cravejada por pequenos diamantes que adornavam o ouro brilhoso pelo recém-polimento. Richard sorriu para a mãe, guardando a caixa em seu bolso antes de estreitá-la ternamente em seus braços, como poucas vezes fazia. Era isso o que tornava os abraços de Richard tão especiais e que sua mãe tanto os apreciasse.

— Conte-me quando fizer a proposta a ela.

— Será a primeira a saber.

Não havia dúvidas de que sua mãe seria a primeira a saber quando o compromisso dos dois fosse firmado, o que ele pretendia fazer antes do jantar do dia seguinte. Tanto que não fora à toa que dormira pouco naquela noite, e acordara igualmente nervoso. Arrumou-se com mais aprumo do que o normal e deu graças quando não encontrou a mãe na mesa do café da manhã, apesar de que não pretendia sair de casa tão cedo.

Trancou-se no escritório, ainda que não conseguisse concentrar-se no próprio jornal ou em qualquer outra coisa, levantou-se um tanto de vezes sem motivo algum e, bastou que ficasse tarde o suficiente para que não parecesse mal-educado para uma visita, ele mandou que a carruagem fosse aprontada.

No meio do caminho comprou as flores que levaria para a tia de Lara — era bom dar-lhe um presente se quisesse pedir sua sobrinha em casamento. Escondeu o nervosismo embaixo da cartola, bateu na porta algumas vezes e esperou. Não era a primeira vez que Richard visitava a casa, por isso o estranhamento não foi realmente grande. A criada o cumprimentou de modo educado e o levou à sala espaçosa, informando que sua patroa em breve estaria ali.

A Sra. Margaret Hale era uma figura bastante diferente de sua sobrinha, tinha baixa estatura e os cabelos austeramente presos eram pretos. Passava a imagem de uma mulher fragilizada, e ainda usava o luto pela morte do marido. O sorriso, entretanto, era gentil e seu tom de voz, calmo quando pediu que ele sentasse. Aceitou as flores que ele lhe oferecera, entregando-as para a criada, de modo que fossem postas em um vaso.

— Devo pedir-lhe desculpas, Excelência, mas minha sobrinha está repousando um pouco. Já mandei que a criada a chamasse, mas creio que demorará um pouco até aprontar-se.

— Sra. Hale, agradeço seu cuidado, mas o assunto sobre o qual devo tratar, neste momento, é com a senhora e não com sua sobrinha.

A mulher pequena sorriu, balançando a cabeça positivamente enquanto cruzava as mãos sobre o regaço, incentivando-o a falar. Depois que ela se assegurou que os dois não seriam interrompidos, ele começou. Richard fez tudo como um bom cavalheiro deveria fazer. Disse sobre como seus sentimentos sobre a senhorita Hale eram respeitosos, falou sobre como ela tinha qualidades que ele acreditava imprescindíveis em uma esposa e como ele a admirava, bem como à mulher que a tinha educado.

Não contou o quanto havia refletido para tomar a decisão de casar-se com ela, se seria precipitado ante o curto tempo pelo qual se conheciam, muito menos falou sobre o quanto a desejava. Não disse que Lara era uma das poucas mulheres que o faziam sorrir, nem que se encontrava em uma situação quase confortável em fazer o pedido para a matriarca, mas que se sentia inseguro ante a perspectiva de Lara entrar naquela sala e ter que revelar suas intenções àquela que pretendia que fosse sua esposa. Por mais que sua suposição fosse de que ela o queria tanto quanto ele, nenhuma certeza era tão grande quando ela não estava com os lábios colados nos seus.

— Excelência, muito me faria gosto a sua união com minha sobrinha e, decerto, contam com minha bênção, mas eu jamais me atreveria a aceitar seu pedido por ela. Se meu querido marido fosse vivo, ele também não o faria. Ouso acreditar que minha sobrinha ficará feliz com sua proposta e creio que ela já esteja pronta para vê-lo.

Lara estava em um sonho bom quando foi acordada pela criada. Sonho esse do qual não conseguia mais lembrar quando perdeu a luta para manter os olhos fechados, agarrando-se nas cobertas, enquanto a criada as puxava para longe dela.

— Senhorita, acorde. O Duque! O Duque está lá embaixo falando com sua tia.

Foram essas palavras que a fizeram sentar-se na cama, ainda que tivesse passado um bom tempo para entender seu significado. Quando finalmente o fez, o som que emitiu fora ininteligível, pulando da cama de modo desastrado e soltando um muxoxo desanimado quando percebeu que o cabelo parecia um ninho de rato e o rosto estava do tamanho de um grande pires, o que não seria nada agradável de se ver e que, definitivamente, não conseguiria ser modificado nos próximos quinze minutos. Contudo, a criada ajudou-a a lavar-se o mais rápido possível e fez algo próximo a um milagre em seus cabelos. Quando, por fim, desceu as escadas, sem se pensar absolutamente bonita, foi barrada de fazer sua entrada na sala de visitas por outra criada.

Claro que Lara tentou ocupar o lugar da criada com a orelha na fechadura, e foi a briga silenciosa das duas que chamou atenção da Sra. Hale para o fato de que a sobrinha já estava de pé, por mais que Richard não tenha percebido qualquer alteração do lado de fora da porta. Lara não conseguiu ouvir qualquer palavra até que sua tia fizesse soar o sino que indicava que a criada deveria entrar. Isso a fez voltar à postura correta, como uma criança levada, antes de afastar-se da porta mais rápido do que um gato que corria para longe da água. Era seu dever fazer uma educada entrada na sala, fazendo de conta que jamais tentou escutar o que os dois estavam conversando.

Lara não percebeu, em um primeiro olhar, as flores frescas que enfeitavam o local. Afinal, vê-lo sempre fazia com que ela perdesse o ar, o espartilho parecendo um pouco mais apertado do que o necessário. Não podia evitar um sorriso um pouco mais largo, principalmente por estarem em um ambiente reservado. Para Richard, ela estava especialmente bonita naquele vestido de dia de corte leve e com o rosto ainda sonolento. Queria beijar-lhe as pálpebras levemente inchadas, mas tratou de afastar o pensamento ante o nervosismo que a entrada dela na sala lhe trouxe.

Ela cumprimentou a tia e a ele. Recebeu o cumprimento dele com um grato prazer por vê-lo tão cedo, logo após o almoço, esquecendo completamente que estava se sentindo um patinho feio até pouco tempo atrás. Sua tia mandou que o chá fosse servido com alguns biscoitos e os três se entretiveram com uma tradicional conversa sobre o clima até a bandeja ser posta na mesinha.

— Acredito que não seria problema deixá-los a só por alguns momentos. Esqueci-me de dar um comando importante para o jantar de hoje.

Richard sabia que aquela era sua deixa e agradeceu mentalmente à tia de Lara quando ela saiu da sala, levando consigo as criadas e fechando a porta. Antes que ele pudesse falar alguma coisa, foi ela quem falou, apenas uma das mil coisas que passavam por aquela cabecinha.

— Surpreende-me que esteja aqui tão cedo, quase tanto quanto o fato de a minha tia nos ter deixado a sós nesta sala, ainda que eu não queira reclamar de nenhuma das duas coisas. Na verdade, alegro-me em vê-lo, Richard.

Ela gostava de como o nome dele soava. De como

ele rolava em sua boca como um gole de um bom vinho antes que ela o pronunciasse, apreciando o sabor de cada sílaba. Ele preferia quando a língua dela era aquele pequeno gole de vinho em sua boca, mas não podia deixar de apreciar quando ela era desrespeitosa o suficiente para chamá-lo por seu nome de batismo, o que sempre lhe trazia um sorriso.

— Fico contente que minha visita não a aborreça, senhorita Hale. Bem como creio que a Sra. Hale tenha se retirado como um pessoal favor à minha pessoa.

Richard sabia que sua voz não havia tremido, mas jamais poderia lembrar-se das palavras que usara para pedi-la em casamento. Não sabia se elogiara seus olhos, seu sorriso ou os dois, mas podia lembrar-se exatamente do modo como ela sorriu com os olhos enquanto ele fazia sua proposta desajeitada. Lara também não recordava as palavras, ainda que a ideia central delas pouco a pouco se infiltrasse em sua cabeça. E, quando ele finalmente ajoelhou-se, algo que um bom cavalheiro deveria fazer, mas que decerto não combinava em nada com o homem à sua frente, ela não hesitou em sorrir e também ajoelhar-se, jogando-se nos braços dele como nenhuma dama deveria fazer e beijando-o nos lábios de um modo inteiramente inapropriado e comprometedor enquanto os dois caíam deitados no chão.

— Eu acredito que posso presumir ser sua resposta um sim.

— Esta é uma presunção correta.

Dessa vez, foi ele quem a beijou. Não demorou muito para que Lara se afastasse, corando ao perceber em que tipo de situação indecorosa estava.

— Minha tia pode entrar a qualquer momento, e eu tenho certeza de que as criadas estão escutando atrás da porta — ela disse em um fio de voz, mas foi o suficiente para que ele levantasse e a ajudasse a fazer o mesmo, arrumando os fios de cabelo dela que haviam saído do lugar, com um sorriso no rosto, antes de beijar-lhe as duas faces e encostar os lábios nos dela apenas por um segundo.

— Pronto, agora está respeitável como a noiva de um Duque deve estar.

Não podia negar que ela o atraía ainda mais por não se portar exatamente como uma *lady* quando estava ao lado dele. Quando a Sra. Hale entrou na sala, a sobrinha não demorou a contar-lhe a novidade e a mostrar o anel que ele colocara em seu anelar pouco depois que os dois recobraram a compostura.

O resto do dia se passou com uma Lara leve como se valsasse em uma nuvem, tanto que mal conseguira prestar atenção em tudo que Lucretia lhe falara quando foi visitá-la, nem nos votos de felicidade que Rosamund lhe desejara, ou no sabor do bolo de amêndoas que a mais nova lhe dera. Tudo em que ela conseguia pensar era que seria de Richard. Somente de Richard.

No dia anterior, quando Hammer informou ao Duque que já haviam conseguido a informação acerca do paradeiro das sedas, o Little Mindy já havia zarpado. Sabia que o homem queria conhecer todos os passos de seus progressos, mas não seria de todo prudente, principalmente quando a própria Lara não fora informada de todos eles. Estava cada vez mais difícil falar-lhe depois que ela voltara a participar das festas da sociedade.

Dissera-lhe que tinham um novo contrato, mas não poderia entrar em detalhes por carta. Lara tentara ir vê-lo, mas ainda não havia conseguido uma oportunidade discreta o suficiente para tal, e isso fazia com que Hammer ficasse um pouco frustrado, ainda que toda a situação estivesse sob controle. Não poderia mais prosseguir com tudo sem o aval dela. O contrato anterior já havia sido concluído com sucesso e o restante do pagamento já estava em suas mãos, bem como o Miss Phanthon já estava devidamente atracado. Aquilo foi o suficiente para que ele mandasse mais um curto bilhete, avisando que precisava falar-lhe o quanto antes.

Tal bilhete, entretanto, fora praticamente esquecido ante todos os acontecimentos do dia, sendo aberto apenas na manhã seguinte, por pura sorte, já que Lara não se lembrara dele, até que sua criada perguntou se podia jogar a pequena nota fora. Precisou ler os garranchos de Hammer duas vezes até entender suas palavras, e o desejo de começar a espalhar para o mundo que estava noiva do homem mais fabuloso da face da terra a fez responder com agilidade, explicando-lhe toda a situação e por que não poderia encontrá-lo, mas renovando os votos de confiança que tinha em Hammer e lhe garantindo que ele fora o melhor e mais fiel dos amigos que ela tivera a sorte de ter.

Capítulo 12

Toda mulher tem direito de preocupar-se apenas com a própria felicidade, mesmo que por um curto período. Era assim que Lara gostava de pensar depois de se deixar levar pelos preparativos do próprio casamento, esquecendo quase que por um todo de qualquer outra obrigação. Primeiro, o jantar de noivado, depois as sedas e babados que fariam parte do seu enxoval ainda incompleto. Era feliz com a perspectiva de continuar solteira até que o tio morrera sem aviso prévio. Nunca sentira real vontade de casar-se até conhecer Richard.

O Duque tinha o poder de fazê-la sentir-se como uma rainha, transformando salões lotados num lugar especial, onde somente os dois existiam. Era o perfeito espectro de uma feliz noiva apaixonada e ninguém no mundo lhe negava o direito de sê-lo. Não quando ela pegara para si o melhor partido da temporada e os dois faziam um bom par de dança em qualquer salão, apesar de que, com o anúncio do noivado, as danças não podiam ser muitas.

Era desse direito que se deu, de preocupar-se apenas com a própria alegria, que ela tentava convencer-se desde que decidiu que Hammer poderia lidar com todos os problemas dos últimos contratos. Foi com o dinheiro do último negócio concluso pelos dois que ela pôde pagar algumas dívidas e reservar um pouco para as novas despesas. Confiava cegamente no braço direito do tio, certa de que, mais do que ela, ele saberia o melhor modo de agir em qualquer situação de crise.

O encanto por bodas iminentes não era uma prerrogativa apenas da noiva. Richard tentava não parecer um tolo apaixonado, mas era difícil esconder o próprio ciúme quando a via dançar com um homem que não fosse ele, o que acontecia com grande frequência. De todo modo, não havia do que reclamar quando as atenções de sua noiva eram quase sempre dele. Não era privilégio de um noivo apaixonar-se, mas ele não se fazia de rogado ao mostrar satisfação pela própria escolha, como cabia a um bom noivo fazê-lo ao ser agraciado pelo aceite da dama de seu agrado.

Lara não havia perdido a capacidade de distraí-lo, e Richard tinha a não-tão-incômoda impressão de que ela passava boa parte do próprio tempo pensando nos modos de aprimorar aquela incomum habilidade. Tornava-se cada vez mais um hábito perder-se de si mesmo ao pensar nela, ainda que ele não fizesse juízo de valor quanto a esse novo artifício de sua própria mente.

Richard não tinha a companhia intermitente da noiva, nem muito menos as desculpas femininas de organizar um casamento para esquecer-se de seus próprios negócios. Nenhuma renda o levaria a esquecer as sedas roubadas. As duas últimas semanas haviam se passado em um silêncio por parte de Hammer que poderia ser considerado normal, mas nele havia algo que incomodava Richard. Tal motivo revelou-se quando Hammer entrou em contato, requisitando uma reunião. Por aquela época, como Richard bem lembrava do acordado na primeira conversa entre os dois, sua atrasada carga já deveria estar nos porões do Grand Queen, prestes a aportar em Londres. Richard, todavia, tinha certeza de que não seria essa a notícia que Hammer lhe daria naquela tarde.

Os dois homens cumprimentaram-se de modo quase frio, mas sem perder a cortesia que era devida ao outro. Hammer levava consigo a mensagem que lhe fora enviada do Little Mindy, ainda que soubesse que ela pouco lhe ajudaria ao lidar com o Duque. O navio já estava com a carga, o que certamente era uma coisa boa, mas Joanne não entrou em detalhes acerca do motivo que atrasaria sua viagem de volta. Tudo o que Hammer sabia era que os homens de Defoy deram mais trabalho do que o esperado ao defender o encargo que lhes fora confiado.

Mesmo que Hammer e Richard fossem dois homens acostumados com as intempéries do mar e as incertezas quanto aos prazos dos negócios, o primeiro tinha certeza de que não haveria boa vontade por parte do segundo para com as notícias que ele estava levando. Hammer tinha razão.

— Você se limita a me dizer que o navio sofreu avarias, mas não me dá nada além de um pedaço de papel que confirme esta informação, nem mesmo um motivo para confiar que minha carga estará em Londres algum dia.

Richard, de fato, tinha alguma razão, mas não era essa razão que Hammer queria confirmar. Jamais teria como devolver o adiantamento que lhe fora dado, e tinha certeza de que perderia qualquer cliente em perspectiva se o nome de Tom Hart não mais passasse a ser confiável, o que aconteceria se falhasse naquela específica missão.

— Meu patrão, o Sr. Hart, tem uma reputação a zelar.

Vossa Excelência teve boas recomendações dele e sabe que ele jamais deixou nenhum contrato não resolvido.

— Seu patrão jamais me enviou uma mensagem, Hammer. Todas eram assinadas por você. Até o presente momento, suas boas referências de nada me serviram, que não para me tomar uma considerável quantia em dinheiro, sem falar do tempo.

Não precisava ter muita astúcia para perceber que tipo de homem Richard era. Sua falta de tolerância quando se sentia enganado ficara clara para Hammer logo na primeira conversa entre os dois. Por Deus, o homem era tão fiel às regras quanto um bom cão ao seu dono, mas fora capaz de passar até por cima delas quando lhe passaram a perna. Nunca havia sido, contudo, a intenção de Hammer enganá-lo. Sua percepção também lhe disse que nenhuma promessa vaga em nome de outro homem o aplacaria, apesar de sua única escolha ser fazê-lo.

Respirou fundo, mostrou-lhe novamente a mensagem do Little Mindy e fez novas promessas em seu próprio nome e no nome de Tom Hart. Admitiu não ter notícias muito animadoras e foi sincero ao dizer que nada mais poderia fazer.

Era uma pena não poder ser de todo sincero. A ira do Lorde só aumentaria se soubesse que, desde o início, fazia negócios com o representante de um homem morto. Tom Hart foi um personagem para esconder a real identidade de Hale, mas nenhuma outra pessoa jamais se enquadraria tão bem naquele papel. Era este o erro no negócio entre os dois.

Hammer sequer suspeitava de que estava diante do noivo de Lara, o que seria o maior dos problemas naquele acordo.

Nem mesmo a fria cortesia inicial existia quando os dois se despediram ao final daquela conversa. Foi difícil para Richard aceitar um novo prazo, ainda que ele mesmo exigisse um. Hammer sabia que tinha nas mãos um problema maior do que o que poderia resolver — não havia nenhuma solução para ele. Confiava em Joanne para transportar a carga até o Grand Queen em segurança, bem como que ela garantiria que o navio aportasse como se os problemas no seu retorno fossem poucos, fazendo a perfeita encenação de que a carga sempre estivera segura em seus depósitos. Não tinha meios de convencer Richard quanto à própria honra ou da de qualquer outra pessoa, assim como não mais poderia deixar Lara de fora dos detalhes daquele negócio, apesar de seu desejo ser livrá-la daquele problema o mais rápido possível.

Se Richard pudesse pôr as mãos no pescoço daquele maldito mercenário, sem sombra de dúvidas, o homem já estaria morto. John Hammer fizera promessas no nome de Tom Hart. Disseram-lhe que o homem era de confiança, mas a sua maldita carga ainda estava em alto mar. O adiantamento caro foi pago prontamente, mas o serviço… Richard só podia pensar que isso era para ele aprender a não mais procurar aquele tipo de negócio — ou aprender a navegar de vez, já que acreditava piamente no ditado de que quem quer algo bem feito o faz por si só.

Tirou o relógio do bolso e verificou as horas antes de colocar a cartola sobre os cabelos e sair do escritório. Não adiantaria nada ficar ali, ruminando a raiva sentida, se sua mente o traía, levando-o a lembrar-se não das sedas, mas dos cabelos de Lara refletindo as luzes dos candelabros noite passada. Se ele não podia lidar com a irritação pela carga, que lidasse com a distração do modo mais eficaz possível — por mais que imaginasse que, mesmo depois de vê-la, aquela bruxinha continuaria rondando os pensamentos dele. Sua certeza era que, pessoalmente, ela o distrairia muito melhor do que apenas em seus pensamentos.

Pensou em mandar que a carruagem fosse preparada, mas a caminhada lhe faria bem, além do que, a distância até a casa de Lara não justificava o uso de transporte. Parou apenas para comprar um ramalhete de flores do campo — acreditando não ser de bom tom chegar com as mãos abanando — antes de bater na porta de sua noiva, sendo atendido por uma das criadas.

Sentou-se em uma das cadeiras da sala. Observou os quadros nas paredes e alguns papéis sobre a mesinha, esperando paciente — ou o mais próximo a isso que conseguia, o que o fez levantar pouco tempo após sentar-se e começar a caminhar sem rumo certo — que uma das donas da casa chegasse. Foi Margaret quem primeiro entrou, com um sorriso cansado nos lábios, indicando que ele deveria voltar a sentar-se antes que ela o fizesse.

— É um prazer vê-lo, Excelência. Lara descerá em breve, assim poderá entregar essas bonitas flores para ela.

Richard seguiu a recomendação da mulher, contente por não mais ficar sozinho e pensando agora sobre outro carregamento, dessa vez de especiarias, que estava prestes a chegar e na viagem que deveria fazer a Wanthrop House, a principal propriedade de campo da família, antes do casamento.

— As flores são para a senhora, não para a senhorita Hale.

Observou com satisfação o sorriso de Margaret crescer, antes que ela o agradecesse de modo efusivo e pedisse para a criada, que acabava de trazer o chá com biscoitos, que providenciasse um vaso para as flores. Lara cruzou com o ramalhete ganho pela tia enquanto caminhava até a sala, e sorriu ao vê-la servir o chá para seu noivo enquanto tentava convencê-lo a comer alguns biscoitos amanteigados.

— Excelência, fico feliz com sua visita. Acredito que não tenha se dado ao trabalho apenas para agradar minha tia com flores. A que devemos a honra?

Ela observou o olhar indignado da tia, assim como uma sombra de divertimento cruzar os olhos de Richard antes que ele respondesse com o tom sério de sempre.

— Acredito que um homem não precise de muitos pretextos para visitar a noiva ou agradar sua tia com flores. — De fato, ele não tinha um pretexto realmente traçado até que ela pedisse por um, mas não demorou a inventar uma desculpa pertinente. — Porém, minha presença tem realmente uma justificativa. Minha mãe aproveitou que eu estaria aqui e pediu-me para que a convidasse para se juntar a ela em nossa casa. Esperava que nós dois aproveitássemos a caminhada para que conversássemos um pouco.

Richard só esperava que a mãe dele não estivesse se preparando para sair — até porque era pedir demais para Lucretia confirmar aquela história quando os dois chegassem juntos em Ackerley, a não ser que ela já contasse com a companhia de alguma das amigas.

— Eu jamais poderia negar um convite feito por Lady Ackerley, mas dependo da autorização da minha tia.

Margaret deu mais um olhar significativo para a sobrinha antes de virar-se para Richard com o melhor de seus sorrisos.

— É claro que ela está autorizada, Excelência. Peço apenas que espere que Lara e a criada se aprontem.

Richard agradeceu de modo cordial antes que a noiva saísse pela sala. As duas mulheres não demoraram a reaparecer. Ele ficou um pouco chateado em ver que Lara havia escondido os cabelos com um chapéu de abas largas e que, tanto ela quanto a criada, carregavam sombrinhas. Melhor seria se pudessem conversar sem a presença da garota, mas sabia que jamais poderia sair a sós com a noiva, mesmo que o casamento fosse acontecer em menos de cinco meses. Aquelas convenções não o ajudavam muito a manter o bom humor, mesmo que tivesse se despedido de Margaret com um sorriso cheio de cortesia.

Lara tinha certeza de que não precisava de uma babá, por isso, tão logo deram os primeiros passos fora de casa, pediu para que Betsy os acompanhasse de longe. Com a criada a uma distância aceitável para si e para as convenções sociais, buscou apoio de modo polido no braço direito de Richard, sorrindo antes de começar a falar.

— Você quer realmente que eu acredite que Lady Ackerley o mandou até minha casa?

— Não é algo absurdo. Minha mãe não hesitaria em me usar como garoto de recados.

— Mas ela não usou. — Depois de uma curta pausa para um sorriso, continuou: — Então, qual o motivo da visita, Excelência? Além de já estar morrendo de saudade de mim.

Lara conseguia de tal forma usar uma forma educada de tratamento como algo jocoso, e, ao mesmo tempo, íntimo e pessoal, que ele nem pensou em corrigi-la para que ela o chamasse pelo nome daquela vez. O falso tom convencido que ela usou para dizer que ele estava com saudade não o irritou, na verdade, o divertiu, já que exprimiu o sentimento que não apenas era real, mas mútuo. Sabia que inventar outra história para a visita não seria de nenhuma ajuda.

— Eu precisava me distrair para conseguir pensar em algumas coisas. Acreditei que você pudesse ser generosa o suficiente para falar um pouco sobre algum assunto aleatório, que não livros de negócios e contas.

Ela sentiu o tom de chiste que ele usou para falar da sua generosidade e riu. Nenhum outro homem ousara zombar dela, muito menos de um modo que não a fizesse querer quebrar o nariz dele.

— Que bom que você confia na minha generosidade,

Excelência.

Menos de dois minutos depois, ele estava mortalmente arrependido. Sabia que Lara tinha um pequeno problema em manter a boca fechada, só não sabia que pedir para ela falar fosse dar início a uma verborragia que não dava a ele tempo sequer para assimilar sobre o que ela estava falando, quanto mais para expressar algum consentimento. Richard teve que se controlar para não começar a rir alto no meio da rua, antes de conseguir uma brecha para fazê-la respirar, ainda fazendo um esforço para não gargalhar enquanto falava.

— Calma, Lara! Você é capaz de deixar qualquer um atordoado desse jeito. — Sem se importar muito com o olhar indignado que ela lhe lançou, continuou: — Lembre-me de nunca mais pedir para você falar. Esqueci que você não precisa de nenhum incentivo para isso.

— Você me faz sair de casa sob um falso pretexto apenas para que eu o distraia e agora está reclamando. Eu deveria voltar agora mesmo. Ou melhor, continuar a caminhada até a sua casa com a minha criada e deixar que as pedras no calçamento o entretenham.

Richard teve que se segurar mais uma vez para não rir com a expressão de raiva e indignação que ela lhe lançou. Apertou-lhe discretamente o braço, trazendo o corpo da mulher um pouco mais para perto de si, antes de segurar sua mão e beijá-la rapidamente.

— Não foi, de modo algum, uma ofensa, senhorita Hale. Acredite, não consigo pensar em uma distração para os meus problemas que não a envolva. Preferia enormemente ter seus lábios nos meus, mas sei que beijá-la no meio da rua não é muito prudente, por isso, pedi para que falasse. Porém, ouso ter esperança de que conseguiremos um ou dois minutos a sós ainda hoje.

Vê-la corar não era algo habitual, mas Richard adorava o modo como o rosto dela tingia-se delicadamente de um tom rosado, enquanto ela procurava olhar para tudo, menos para ele. O Duque não duvidava que aquela mulher também sentia vontade de que aquele maldito noivado acabasse logo. Seis meses era um prazo longo demais e ele não hesitaria em diminuir um mês ou dois sob qualquer pretexto que não fosse gerar comentários. Não seria uma discussão adequada para o momento. Também não seria adequado fazê-la corar ainda mais com a sugestão, enquanto aguardavam a porta de Ackerley ser aberta para entrarem.

Não demorou mais que um segundo para que o criado de libré que os atendeu dissesse que a Duquesa viúva estava na sala de chá com Rosamund. Richard pediu que a chegada dos dois fosse anunciada, e, quando acreditou conseguir um segundo a sós com Lara, a criada que os seguira de longe por todo o caminho se postara ao lado da patroa como um cachorrinho fascinado ao encontrar um frango à sua espera na cozinha. Suspirou frustrado e as guiou para o salão onde a mãe já devia esperá-los. Não que Lucretia gostasse de livrar o filho de algumas situações constrangedoras ou fornecer-lhe álibis não antes combinados, mas ele esperava que ela fosse minimamente discreta na frente da criada. Apesar da falsa má impressão que o filho tinha da mãe, ela fora cortês ao recebê-los.

— Minha querida Lara, que bom que aceitou compartilhar o chá conosco. Rosamund é uma companhia encantadora, mas ela bem sabe que eu penso que, quanto mais amigos dividindo a mesa, melhor. Logo, é um prazer poder contar também com você e com meu filho.

O bom humor de Richard era notável pelo modo que cumprimentou as duas mulheres que lá estavam. Beijou rapidamente cada uma delas esquecendo-se da irritação de mais cedo. Lara não achou inadequado o tratamento dele para com Rosamund e aproveitou para ir falar com ela.

— Minha cara Lara, venha sentar-se ao meu lado. Não ouso deixá-la perto demais de Rosamund. Vocês duas tornar-se-iam tão amigas que acabariam por se esquecer de me fazer companhia.

— Tem toda razão, Vossa Graça, mas atrevo-me a dizer que está apenas adiando o inevitável.

Rosamund retorquiu com um sorriso, servindo as xícaras que previamente foram postas sobre a mesinha, terminando pela própria xícara antes de voltar a acomodar-se no sofá amplo, onde Richard tomara o lugar vago ao seu lado. O chá se passara em um clima agradável, como deveria ser um típico chá familiar. Lara sentia-se maravilhosamente inclusa. Não havia nada a reclamar acerca dos modos como era tratada e, muito menos, pelos comentários mordazes que quase sempre se faziam presentes.

O fato de terem reduzido a travessa cheia de biscoitos a meros farelos indicava ter o chá chegado ao fim. Mesmo que amasse imensamente a tia, Lara não queria despedir-se tão rapidamente dali, bem como Richard também não queria ter que acompanhá-la de volta para casa tão cedo.

Foram poucas as vezes que Lara tivera a oportunidade de visitar Ackerley. Para Richard, ela encaixava-se tão bem naquele cenário que parecia ter sido moldada para ele. Ria das ironias que sua mãe compartilhava com Rosamund, sem nenhuma dificuldade em comunicar-se com as duas. Brincava com elas como se fossem velhas parentas e lhe aquecia o peito quando desviava seu olhar para o dele — que muito pouco saíra da figura dela — sem, neste meio-tempo, deixar passar uma resposta para o que quer que as outras duas estivessem conversando.

— Eu acredito que a senhorita Hale não se oporia a um curto passeio pela casa. Deve estar ansiosa para conhecer Ackerley. Não poderemos vê-la como um todo agora, mas acredito que Vossa Excelência não irá se incomodar em me ajudar a mostrar os principais cômodos.

Richard tivera vontade de beijar Rosamund quando ela fizera aquela proposta inocente, assim como Lara. Lucretia olhou para o trio em suspeita, mas acabou por sorrir, dispensando-os com um gesto vago com a mão.

— Leve-a então, Rosamund. Como estou emprestando-a à senhorita Hale, imagino que ela terá a cortesia de deixar-me com sua dama de companhia para que eu não me sinta de todo sozinha.

A pequena moça, que durante toda a tarde ficara reclusa em um canto, fascinada demais pelo ambiente enorme, parecia tremer de emoção pelo simples fato de estar na mesma sala que uma Duquesa e quase perdeu os sentidos por ter sido citada por ela. Não podia esquecer seu dever para com a sua senhorita Hale. Antes que encontrasse um jeito de dizê-lo, Rosamund declarou que se sentiria mais do que honrada em fazer as vezes de dama de companhia de Lara, o que deu a ela uma boa desculpa para ficar na sala de chá com Lucretia enquanto os outros três saíam de lá.

— Acredito que possamos começar nosso passeio pela biblioteca, depois os outros cômodos inferiores.

As duas caminhavam lado a lado e Richard sorriu com a sugestão de Rosamund, acompanhando-as como que um guardião. Deixaria Rosamund guiar a visita com prazer, orando para que ela fosse a melhor das amigas e lhe desse um segundo ou dois a sós com sua noiva. Lara parecia encantada com o ambiente amplo que era a biblioteca, e Rosamund sentia-se exultante em mostrar-lhe os títulos mais relevantes, bem como contar algumas histórias sobre os quadros, as tapeçarias e os objetos que ornavam o local. Poucas vezes Richard teve que acrescentar um detalhe ou dois, sendo quase sempre repelido por um comentário de Rosamund declarando estar prestes a explicar aquilo.

A visita transcorreu quase toda com ela falando

em um tom de voz comedido acerca dos quadros que ornavam os corredores pelos quais passavam, contando a história da família com orgulho, como se pertencesse a ela. Lara era uma ouvinte atenta, ainda que seus olhos pouco se fixassem na figura de Rosamund. Estava absorta pelo teto alto, pela larga escada que subiram para terem acesso ao segundo piso, pelas cortinas grossas de veludo que cobriam as janelas.

Não mudaria nada ali. Parecia-se mais com um castelo de princesa, e Lara sorriu ao pensar que ali ela viveria o seu próprio conto de fadas. Nem se dera conta de que estava ao lado de Richard, muito menos que, por instinto, as mãos se encontraram em um aperto delicado. Rosamund, percebendo ter sido o suficiente, encerrou a visita em uma das salas pouco utilizadas do segundo andar.

— Senhorita Hale, admito que talvez a tenha cansado um pouco. — E, como se estivesse insegura, prosseguiu: — Talvez fosse melhor que Richard lhe fizesse um pouco de companhia aqui, enquanto eu busco aquele livro pelo qual se interessou na biblioteca. Eu não demoraria em nada a voltar e deixá-los aqui não seria comprometedor de modo algum.

Os dois compreenderam o pequeno sorriso travesso nos lábios de Rosamund e, naquele momento, ambos quiseram beijá-la. No lugar disso, Lara confirmou estar realmente cansada, sentando-se em um dos sofás, enquanto Richard dispensava Rosamund como se não tivesse nenhum interesse que não o de garantir o bem-estar de sua noiva. Se Rosamund preocupou-se em fechar a porta da sala logo após ter prometido aos dois que não demoraria, não era culpa deles.

Richard não quis atacá-la como um lince à sua presa, nem muito menos parecer um louco ao juntar os lábios nos dela, deixando as mãos deslizarem desde o seu rosto macio até a curva do pescoço, demorando-se um pouco ali antes que seus dedos escorregassem pela clavícula, mas era como se sentia quando o fez: um predador. O fato de ela arfar em seus braços enquanto ele tocava-lhe a pele quente estimulava-o a prosseguir, os lábios próximos dos dela apenas o suficiente para lhe capturar os suspiros, sem necessariamente beijá-los.

— Você pertence a esta casa tanto quanto a mim. Eu não vejo a hora de...

Foi a vez de Lara, que sempre tivera orgulho de pertencer a si mesma, calá-lo com um beijo, deixando que o corpo escorregasse lentamente pelo dele.

Para Richard não havia maior prazer, nem mesmo melhor tortura. Teve que usar-se de todo o seu autocontrole para afastar-se dela, tornando a sentá-la no sofá antes de largá-la por completo. Respirava fundo na tentativa de fazer com que seu cérebro voltasse a ser irrigado por sangue. Um monumental esforço, já que ainda sentia o gosto dela em sua boca e a respiração de Lara continuava quase como um gemido a ricochetear sobre sua pele.

Nenhum dos dois tinha força suficiente para olhar para o outro, mas não sabiam como não ter plena consciência da proximidade entre eles. Ela sentiu-se abandonada quando ele a sentou, mas o resto de bom senso que lhe restava sabia que aquilo era certo. Levou uma das mãos aos lábios e a mão sobre o peito servia para segurar o coração dentro dele. Não podia negar que pertencia a ele. Melhor seria pensar em outra coisa.

Os passos de Rosamund soaram mais barulhentos do que o normal pelo corredor e, quando ela abriu a porta, Lara quase já não estava corada. Conseguiu verbalizar um agradecimento sincero pelos livros que ela lhe entregou, enquanto era informada que a carruagem já estava sendo aprontada para levá-la de volta à sua casa. As despedidas foram gentis.

Para Richard, era torturante ter de tocar apenas sua

mão enquanto ajudava-a a subir na condução e a viagem rápida transcorreu em um incomum silêncio devido à presença da criada. Despediram-se de modo formal e Lara tinha certeza de que nada a faria sonhar com outra coisa que não Richard. Pelo menos até depois do jantar, quando a tia lhe entregou a nota de Hammer, recebida enquanto ela esteve fora. Aquilo foi o suficiente para fazê-la esquecer como um todo da convicção de que tinha o direito de deleitar-se com a própria sorte. Tinha que descobrir um modo de chegar ao cais para encontrar-se com Hammer.

Capítulo 13

Percivald Fleming não ficou contente com o bilhete que lhe foi entregue durante o café da manhã. Vestiu-se com uma pressa que não lhe era própria e ignorou os comentários de sua esposa antes de sair de casa. Defoy fora uma aquisição dispendiosa, mas não estava se mostrando um investimento vantajoso.

As sedas que ele queria haviam escapado das mãos do corsário incompetente tão fácil quanto das mãos do intragável Wanthrop. Detestava Richard. Havia passado anos lambendo o chão onde o velho Duque pisava e, quando começara a colher os merecidos frutos pelo seu esforço, o moleque mostrara para o pai o dinheiro que ele vinha ganhando por fora das negociações.

O velho não fora piedoso ao descobrir que estava sendo tapeado. Quase que acabou com a sua reputação, o que não conseguiu fazer pelos escrúpulos de Fleming ao destruir provas. Ainda assim, o ranço que nutria contra Richard Ackerley havia aumentado com o passar dos anos. Aquela não era a primeira vez que passava a perna em seu desafeto, mas a mais ousada.

A neblina ainda cobria o porto quando Fleming chegou a ele. O chão estava mais molhado e enlameado do que o normal por conta da chuva que caíra durante toda a noite anterior. As botas sujas não o fizeram errar o caminho até onde o navio de Defoy estava. Não houve homem capaz de impedi-lo de entrar na cabine do corsário com a petulância de um rei.

— Você, seu porco inútil, disse-me que eu teria as sedas. Onde elas estão agora?

Defoy dormiu como um anjo e, naquela hora da manhã, cortava uma fatia do grande pernil que descansava sobre sua mesa com uma faca. Olhou da lâmina para o homem que invadira sua cabine e, em menos de um segundo, estava ao seu lado, com a faca encostada no pescoço dele. Se Fleming não tivesse se aliviado antes de sair de casa, teria feito ali mesmo suas necessidades. Sua arrogância e coragem o largavam à medida que a lâmina amolada arranhava a pele recém-barbeada de seu pescoço.

— Bons modos, Fleming. Cumprimente-me com educação.

Ele o fez, ainda que o pirata não merecesse destino melhor do que o do animal que o alimentava naquela manhã. Fora julgado satisfatoriamente, já que a faca foi retirada de seu pescoço sem derramar sequer um filete de sangue e Defoy voltou sem pressa para seu lugar atrás da mesa.

— Bom. Agora sente-se, Fleming. Coma um pouco do pernil se quiser.

Ele não queria comer. Queria matar aquele homem inútil por fazê-lo parecer um maricas de calças, bem como por não cumprir a promessa antes feita. A coragem o tinha abandonado, mas Fleming continuava com a voz arrogante quando pediu explicações acerca do bilhete recebido mais cedo.

Defoy não parecia mais do que entretido com as suas reclamações e gritos esganiçados. Esperou que todos cessassem até responder com a mesma calma com a qual degustava seu café da manhã.

— Eu preciso lembrá-lo de quem deve a quem aqui?

— Nós temos um acordo! Você pegaria as sedas, eu as venderia e nós dois dividiríamos todo o lucro.

Defoy lembrava-se da pequena concessão feita no caso daquele gordo burro, assim como não se esquecia de arrepender-se por ela. Era Fleming quem precisava ser lembrado de algumas coisas.

— Você, seu porco seboso, deve lembrar que eu lhe fiz um favor. Eu não vou sacrificar mais nada do meu tempo, nem dos meus homens para que você consiga o dinheiro que me deve. Você tem um mês, Fleming. Um mês para pagar sua dívida comigo, ou será a sua perna que eu terei para o café da manhã, estamos entendidos?

Fleming entendeu, e seus intestinos também. Defoy não falou como quem aceitaria contradição, ou mesmo uma palavra em resposta. Tinha a ponta da faca encostada no nariz de Fleming como outros homens teriam encostado o dedo. Observou-o concordar com o que fora dito sem tirar os olhos da lâmina que ele acabava de afastar, satisfeito em perceber que sua mensagem fora dada a contento.

— Agora, saia daqui, seu verme.

Fleming seguiu a ordem que lhe foi dada a contragosto. Teve a prudência de sair do navio antes de começar a resmungar como um moleque malcriado. Sua vontade era quebrar o pescoço de Defoy com as próprias mãos. Ao invés disso, teria que arrumar dinheiro para pagá-lo, se não quisesse que seu sangue virasse a lama do chão do cais.

Não se importava com o barulho das docas que se enchiam de homens rudes para trabalhar, nem mesmo com os que o xingavam enquanto Fleming afastava a todos para abrir caminho. Queria chutar alguém no rosto até que não fosse mais possível distinguir os olhos dos lábios. Era tamanho seu destempero que quase passou por cima do vulto preto que caiu sobre seus pés, se algo sobre ele não houvesse chamado sua atenção.

Lara não demorou muito tempo para perceber que aquele horário não fora o mais apropriado para encontrar Hammer. Teve dificuldades para dormir durante a noite, pensando sobre a nota que ele lhe escrevera enquanto acompanhava as gotas da chuva pela janela. Precisava de um milagre que resolvesse seus problemas. Não poderia mais fugir deles.

Tomou todas as precauções de sempre para visitar as docas no dia seguinte, usando a capa velha sobre o vestido gasto, o capuz lhe escondendo o rosto e dificultando sua visão. Ao chegar no porto não esperava encontrar aquela multidão, e, encolhendo-se entre os trabalhadores braçais, puxava a capa e o capuz para perto de si enquanto caminhava até o navio onde Hammer já devia esperá-la. Estava perto quando foi derrubada no chão pelo que pensou ser um furacão. Levantou os olhos e a visão que teve a fez gelar de medo. Abaixou novamente a cabeça, tentando, mesmo sem levantar-se, afastar-se dali. A mão que agarrou seu braço com força, entretanto, fora mais rápida em fazê-la ficar de pé. Foi com pavor crescente que Lara abaixou ainda mais o rosto.

— Olhe para mim, sua vagabunda.

Jamais esperara educação de Fleming em um ambiente não social, mas, apesar da capa grossa, ele a apertava com força suficiente para machucar seu braço, e vagabunda não era um adjetivo lisonjeiro. Lara, porém, não levantou o rosto, o que fez com que o aperto no seu braço aumentasse, bem como que a mão livre dele fosse para o seu capuz.

Fleming não precisara descer a peça por completo para saber que estava frente a frente com a noiva de Wanthrop. A estatura grande como a de uma girafa, o excesso de peso, os cabelos loiros presos e o olhar ferino a denunciavam. Ela, entretanto, não parecia uma dama da sociedade naqueles trajes esfarrapados — quanto mais a noiva de um duque. Para quem não acreditava que teria qualquer satisfação naquela manhã, aquela fora uma excelente surpresa. Richard andava exibindo-se com *aquelazinha* como se erguesse um grande troféu na frente de todos os mortais, exaltando suas qualidades como se fosse a rainha, enquanto tentava não parecer um ridículo apaixonado.

— Se não é a noivinha do Duque. Diga-me, senhorita Hale, seu noivo sabe onde está a esta hora da manhã?

— Não é da sua conta. Largue-me.

Ela não era uma mulher de todo fraca, mas seus esforços para soltar-se do aperto dele se mostraram ineficientes, apenas dando motivos para que ele a apertasse ainda mais. Queria fugir dali. Correr e apagar da cabeça de Fleming que ele a havia visto, mas antes disso tinha que se soltar.

— Claro que é. O que não diria o honrado Wanthrop se soubesse por onde sua noiva anda? Honra nós já sabemos que não tem, só por estar aqui. Não consigo parar de me perguntar que tipo de contatos teria você neste lado da cidade.

— E o que você pode falar sobre honra?

— Eu não estou enganando um tolo duque fazendo-me de santa. O que seu querido Richard faria se soubesse?

Quanto ele estaria disposto a pagar para saber com que tipo de víbora está se casando?

— Você não vai dizer nada a ele!

Não era para soar como um grito desesperado, e sim uma ordem. Lara, contudo, não havia sido tão bem-sucedida. Fleming riu do desespero que ela demonstrava, decidindo-se sobre quais outros modos poderia utilizar-se para torturá-la, enquanto ela tentava livrar-se do seu aperto. Quanto aquela informação poderia valer-lhe. Estava tão distraído com sua nova diversão que não percebeu o velho que se aproximou, segurando o outro braço de Lara como se tivesse direito àquilo, e apontando-lhe uma arma pequena, praticamente oculta pela manga da camisa.

— Largue-a.

Lara respirou fundo quando Hammer apertou seu braço livre, não com violência, mas em um reconforto necessário, enquanto a pequena arma era apontada em direção a Fleming.

— E quem você acredita ser para me pedir isso?

— A pessoa que vai colocar parte das suas tripas para fora se você não o fizer agora.

Foi só então que ele viu a arma, fazendo-o suspirar desanimado enquanto largava a mulher à sua frente. Sabia que aquele homem, quem quer que fosse, não atiraria se ele a deixasse em paz, mas a senhorita Hale não teria um defensor sempre a postos, bem como que, contra certas ofensas, nenhum defensor tinha o poder de protegê-la. Estava aborrecido, mas sorriu ao largá-la com violência, quase a fazendo cair novamente.

— Isso não acaba aqui, senhorita Hale.

A mesura que ele fizera fora a cereja no topo do bolo, e Lara tremia de modo violento quando Hammer a amparou, guardando a arma antes de levá-la para o navio de modo discreto. Tinha certeza de que aquilo não acabaria ali, bem como de que estava presa em um beco sem saída.

Não importava o quanto Hammer tentasse tranquilizá-la, ele jamais conseguiria tal feito. Quando Lara soube para quem estava trabalhando, ficou ainda mais pálida. Não bastava que Fleming a tivesse visto, ainda tinha que lidar com o fato de que seu noivo era quem os contratara para recuperar uma carga de sedas.

Fazia sentido. Ela já o ouvira reclamar daquelas sedas uma ou duas vezes, mas jamais fizera parecer um problema que o incomodasse de forma tão profunda. Pensando bem, Richard jamais foi claro o suficiente acerca de quais problemas o incomodavam ou não. Voltou para casa tão arrasada que a tia, imaginando que tivesse pegado um resfriado na rua, mandou-a para debaixo das cobertas e serviu-a com todo tipo de petiscos e chás, esperando que Lara voltasse ao seu estado de humor exuberante das últimas semanas, o que não aconteceu.

Nem os quitutes do resto da manhã, nem o bilhete recebido de Richard, dizendo que a visitaria para o chá da tarde, foram capazes de animá-la. Para ela, tudo em seu rosto a denunciava, dizia que ela era uma mentirosa e, por isso, inadequada para ser a esposa de um duque — não que muitas esposas de duques sinceras existissem pelo mundo, mas Lara esperava poder ser uma delas. Tinha certeza de que Richard a deixaria se descobrisse quem era. Depois dos detalhes dos negócios que Hammer lhe contara, a certeza ficava ainda maior.

Sua criada fez um bom trabalho ao prender-lhe os cabelos e apertar-lhe as bochechas, deixando-as levemente coradas, mas tão logo abriu o sorriso falso ao chegar na sala onde seu noivo a esperava, sentiu que estava a ponto de chorar. Engoliu o desejo e sentou-se ao lado dele, quase desabando quando ele segurou sua mão de modo carinhoso.

— Está passando bem?

Lara sentiu vontade de segurar o rosto dele, pedir perdão e dizer que o amava. O fato de tal pensamento ter surgido de modo tão imediato em sua cabeça a assustou. O amava, só nunca alimentou esta verdade por tempo o suficiente para tomar consciência dela. Já fora beijada, já procurara um marido rico, mas jamais sentira real vontade de unir sua vida à de um homem como gostaria de unir à de Richard. Ela sempre se sentiu plena, completa, suficiente para si mesma, até ter seu mundo revirado e conhecê-lo. Casar-se-ia com qualquer um que oferecesse a ela e à tia uma boa condição de vida pouco depois que o tio morreu, mas sabia que morreria solteira e virtuosa se não mais pudesse casar-se com Richard. Por isso, retribuiu ao aperto em sua mão, aproveitando-se que a tia ainda não havia chegado à sala para deitar a cabeça sobre o ombro dele.

— Senti um pouco de dor de cabeça, mas nada com o que deva se preocupar.

O cheiro dele a reconfortava. Tinha uma mistura de colônia masculina, couro e tabaco, junto com todos os aromas da rua e da goma usada para passar a casaca. Quando ele, quase como se não quisesse, encostou os lábios nos cabelos dela, aproveitando-se da deixa para sentir o cheiro doce de flores que eles emanavam, Lara sentiu novamente vontade de chorar. O que mais aborrecia Richard não era o fato de ela parecer triste, e sim o quanto isso o incomodava. Não tinha ideia de como confortá-la, por isso, limitou-se a apertar a mão, deixando o nariz preso em seus cabelos, mais por um prazer próprio.

— Sabe que pode me contar se houver algum problema que a incomode?

— Eu sei, mas não é nada.

Lara até mesmo conseguiu sorrir ao levantar o rosto para encará-lo, ganhando em troca um beijo rápido antes que a tia dela voltasse para a sala e os assuntos banais fossem iniciados. Não conseguiu se distrair de todo, mas a conversa leve foi o suficiente para arrancar-lhe um ou dois sorrisos. Pelo menos, até a criada interromper o chá com um sorriso cordial e entregar-lhe uma nota breve que a fez empalidecer ante as palavras que lá haviam sido escritas.

Fleming não era burro e tinha certeza não ser coincidência descobrir que sua carga fora roubada no mesmo dia que encontrara a noiva de Ackerley caminhando pelo cais. O primeiro passo fora descobrir quem era o homem que a defendera, o que não se mostrou difícil.

Não era de se espantar que ela estivesse aterrorizada. Nenhuma dama da sociedade deveria ter ligação com corsários, sendo eles da Coroa ou não, e a atitude daquele não foi a de um homem a prestar um favor a uma dama desconhecida. Queria esfregar a cara da noivinha perfeita no chão, e, junto com a dela, a do Duque, bem como mostrar para todos que ele não era o anjo que pregava.

Não havia ninguém a quem Wanthrop não admoestasse com sua moral ilibada, e era esta a ironia que queria expor. O Duque não só se valia dos serviços de corsários, como estava prestes a se casar com uma rameira do porto. Queria humilhá-los, mas, antes de agir por impulso, pensou. Seria bom tirar alguma vantagem daquela feliz coincidência antes. Por isso, a pequena nota explicando o quanto queria e como gostaria de ser pago, foi remetida para a rameira tão logo ele havia terminado de escrevê-la.

Lara deveria ter deixado para ler o bilhete quando Richard já tivesse ido embora, mas a curiosidade ante o envelope sem selo foi maior. Arrependeu-se tão logo viu sobre que tipo de chantagem aquilo se tratava, sentindo o sangue escapar-lhe do rosto com rapidez quando pôs os olhos no valor que ele lhe pedira. Jamais conseguiria tanto dinheiro em um prazo tão curto, muito menos com as dívidas que já tinha. Quis esconder o bilhete sem demora, impedir que ele caísse de suas mãos trêmulas, mas o fez com uma falsa calma, na esperança de que seu nervosismo não fosse percebido. Bastou que ela colocasse a nota no bolso do vestido para que Richard voltasse a segurar sua mão, olhando-a com uma mal disfarçada preocupação.

— Lara, aconteceu alguma coisa?

Sua tia também interrompera o chá, olhando-a preocupada. Não podia dizer que estava bem quando sua mão parecia uma pedra de gelo entre as dele. Não sorriu. Não procurou uma mentira, mas não disse a verdade.

— Desculpem, foi um bilhete de Eris. Ela está doente e a minha dor de cabeça piorou.

— Tem algo que eu possa fazer por você?

Lara apenas balançou a cabeça negativamente, deixando que sua tia tomasse as rédeas da situação. Não queria que Richard fosse embora, mas tremia de medo que ele descobrisse o conteúdo da carta em seu bolso. Não discutiu quando sua tia sugeriu ser melhor que ela voltasse para a cama. Richard despediu-se com agilidade antes de sair, ainda que carregasse consigo uma angústia desmotivada ante uma simples dor de cabeça.

O Duque poderia ter esquecido o incidente como algo qualquer. Os achaques femininos nunca foram grandes preocupações suas. Lembrou-se dos conselhos de sua mãe e mandou que um frasco de água de rosas fosse entregue na casa de Lara, com as reais estimas de que ela logo melhorasse. Não esperava que o bilhete fosse prontamente respondido, mas descobriu-se frustrado quando, na manhã seguinte, nenhuma nota lhe fora enviada até o horário do almoço. Isto não o impediu de enviar-lhe uma pequena mensagem ao final da tarde, perguntando se ela já se sentia melhor e aceitaria uma curta caminhada no Hyde Park antes do jantar.

O convite fora rejeitado, mas a nota que ela lhe mandou para fazê-lo foi grande e atenciosa, agradecendo pela preocupação e pela água de rosas, bem como lhe enviando uma das reportagens do jornal daquela manhã que anunciava alguns concertos que seriam apresentados em Vauxhall Gardens na semana seguinte. A sugestão fez com que Richard sorrisse internamente, perguntando-se se conseguiriam escapar por dentre os arbustos nem que fosse por um minuto.

Capítulo 14

Pelo resto da semana, Richard, que gostava de sentir-se mimado pelas atenções de sua noiva, começava a sentir-se posto em segundo plano. Surpreendeu-se por não ter recebido mais nenhum convite para o chá nos dois dias subsequentes. Sentiu-se enciumado quando, após quatro dias sem vê-la, acabou por apanhar Rosamund saindo de casa levando consigo uma pequena cesta, tendo como destino um chá de garotas na casa de Lara.

Rosamund apenas riu-se ante a expressão de Richard ao descobrir seu destino. Conhecia-o o suficiente para saber que, por trás da carranca, havia a esperança de ser incluso — nem que fosse pelo mero prazer de recusar-se a participar da pequena reunião.

— É um chá para garotas, Excelência. Jamais poderíamos convidar um dos prováveis assuntos do chá para participar dele.

As respostas eivadas de despretensioso desrespeito de Rosamund nunca geraram qualquer punição. Via de regra, o faziam sorrir, mas não naquela tarde.

Ela não se deixou distrair pelo mau humor do Duque e seguiu para a casa da amiga, sendo recebida por uma criada simpática que a guiou até a sala de chá. A Sra. Hale passaria a tarde visitando uma amiga e Rosamund imaginava que aquela seria uma tarde para diversões. Lara, ao contrário das expectativas da amiga, não parecia animada quando a recebeu na sala, ainda que a tivesse presenteado com um sorriso e as duas se abraçassem com afeto antes que Rosamund oferecesse a cesta que trouxera para ela.

O bolo de amêndoas fora a escolha óbvia, pois sabia ser o doce do gosto da amiga, bem como os delicados biscoitos que foram servidos em Ackerley anteriormente. Lara agradeceu e colocou um biscoito na boca enquanto juntas as duas terminavam de arrumar as travessas sobre a mesa, já que a criada fora dispensada.

— Você não me parece muito animada.

As vantagens de estarem sozinhas começavam com desnecessidade de um trato mais formal. Acabaram por sentar-se lado a lado, e Lara tentou sorrir de modo verdadeiro, ainda que não se mostrasse de todo convincente.

— Devemos esperar Eris chegar. Irei explicar tudo para as duas. Você deve me prometer que nada que eu disser sairá desta sala.

Lara confiava em Rosamund, que balançou a cabeça de forma positiva em resposta ao pedido de segredo. Não foi apenas com Richard que trocara bilhetes desde que o conhecera. Rosamund se tornara uma de suas correspondentes mais frequentes após o primeiro bolo de amêndoas. Foi com prazer que, nos últimos tempos, as duas trocaram opiniões sobre livros, receitas, rendas e fofocas da sociedade que não poderiam ser feitas para qualquer pessoa. Lara até mesmo criou coragem para perguntar o papel de Rosamund na residência do Duque, a realidade se mostrando muito diversa de todas as conjecturas por ela formadas.

Rosamund teve o prazer de fazer uma nova amiga. Tímida como era, aquele lhe era um grande feito. Sua maior alegria, porém, era poder dizer-se amiga da noiva de Richard. Seria um grande inconveniente para ela se as duas não se gostassem, mas sua felicidade era ver que ele havia escolhido uma boa mulher para si. Já ouvira falar de Eris entre as muitas correspondências trocadas — Rosamund era boa em escrever cartas —, por isso não estranhou que ela quisesse esperar a melhor amiga, que não tardou a se unir às duas.

Eris era alta e magra, dona de um porte aristocrático adequado para a filha de um barão. Não parecia gostar de sorrir, e tal seriedade contribuía com seus modos régios, mas Rosamund não desgostou dela quando a cumprimentou com polidez, sentando-se na poltrona à frente das duas.

Lara já havia dito que Eris tendia a ser séria, mas que era uma boa amiga. Apesar das expectativas das duas convidadas, Lara insistiu em servir o chá e começar a falar sobre uma crônica que havia saído no jornal daquela manhã, trazendo à tona uma discussão que não as levaria nem de longe para o real motivo por estarem ali. Foi apenas quando o bolo foi reduzido à metade e os biscoitos haviam acabado que Eris cruzou as mãos sobre o colo, olhando para a amiga de forma inquisitiva.

— Agora, por favor, faça a gentileza de nos dizer qual o motivo deste delicioso chá.

Lara teve desejo de pôr outro pedaço de bolo na boca, enquanto corava e os olhos ficavam úmidos. Não mais tinha como fugir, mas, antes de dizer qualquer palavra, fez com que as duas prometessem, mais uma vez, que nada do que estava sendo falado iria ser assunto fora daquela sala. Nem mesmo para um dos cadernos de Eris.

Mal se apercebeu do choque das duas quando disse que o tio deixara a ela e à tia na miséria, por mais que este fosse evidente em suas expressões consternadas. O espanto foi ainda maior quando ela revelou o que estava fazendo para se manter. Eris parecia atenta e reflexiva, mantendo a postura séria, enquanto Rosamund fazia um esforço visivelmente grande para manter-se calada durante todo o relato da amiga. Não pôde, todavia, reprimir a exclamação quando Lara chegou à parte em que Richard contratara seus serviços e agora fazia cobranças acerca da carga.

A voz de Lara estava embargada e os olhos quase o tempo todo cheios de lágrimas enquanto falava. Ela não era uma mulher que gostava de mostrar fragilidade. Chegar à parte da chantagem de Fleming, sendo a nota mostrada para as duas, foi ainda mais difícil. Rosamund não poupou o homem de um xingamento, mesmo que soubesse ser melhor manter a língua dentro da boca até que a amiga terminasse de falar.

— Eu mal posso olhar para Richard agora. Eu o quero por perto, mas tenho medo. Ele é um homem honrado, irá me odiar quando descobrir que eu menti.

Lara terminou retorcendo as mãos sobre o colo e balançando levemente a perna, em uma atitude completamente inadequada para uma dama, mas certamente bastante condizente com seu nervosismo.

— Ele não irá odiá-la — disse Rosamund, recusando-se a acreditar naquela possibilidade, ainda que não pudesse negar nenhum comentário sobre a moral de Richard. Não havia nada que ele fizesse que não fosse completamente correto, e só Deus sabia como ela estava surpresa por descobrir que logo ele estava lidando com piratas, ainda que soubesse que muitos homens da mesma classe não tinham nenhum problema em valer-se deste tipo de serviço.

— Eu não sei o que dizer — foi tudo o que Eris conseguiu declarar.

As três passaram alguns minutos em silêncio, até que a filha do Barão de Morfey conseguiu encontrar as próprias palavras, tentando colocar as ideias no lugar.

— Você não manteria sua reputação ante ao

escândalo e provavelmente o noivado seria rompido, o que não seria de grande valia. Eu não consigo pensar em uma forma de ajudá-la. Se o homem estiver somente interessado em dinheiro, você pode tentar aumentar o prazo até depois do casamento, já que não vai conseguir toda essa quantia agora.

Lara suspirou. Não queria usar o dinheiro de Richard para livrar-se daquele problema, mas entendia perfeitamente o raciocínio da amiga.

— Eu não imagino que ele aceite esperar tanto, Eris, bem como não me sinto confortável em continuar enganando meu noivo.

Seu tio não tinha uma boa impressão acerca de Fleming, e Richard parecia também não o ter, haja vista sua reação de descontentamento sempre que via o homem. Foi Rosamund, por sua vez, quem a respondeu.

— Fleming é um homem detestável! — Havia uma raiva pouco contida em sua voz, como se quisesse vingar a amiga daquele vilão. — Eu não duvido que essa carta seja apenas uma forma de ele conseguir algum dinheiro antes de expô-la, minha querida. Ele foi um parceiro do antigo Duque, mas, apesar de eu nunca ter descoberto o que houve, as relações foram rompidas há muitos anos.

Rosamund apertou a mão de Lara em um significativo gesto de apoio antes de respirar fundo e continuar.

— É uma situação difícil, mas, se me permite dizer, sua primeira atitude deve ser parar de evitar seu noivo. — Ela agora entendia perfeitamente a expressão dele quando ela disse para onde estava indo, era possível que Richard estivesse se sentindo relegado ao descaso. — Eu o conheço há tempo suficiente para saber que a notícia realmente não o agradará, mas será pior que ele saiba por outra pessoa.

Rosamund confiava na bondade de Richard para entender a situação de Lara, bem como no genuíno interesse que ele demonstrava pela noiva. Não tinha dúvidas de que, a princípio, ele ficaria furioso, mas sabia que ele teria forças para enfrentar Fleming.

Lara sabia que as duas amigas tinham razão em suas ponderações. Se não contasse para Richard, ele saberia que ela não confiava nele, e jamais voltaria a confiar nela. Fungou, sem saber o que dizer.

— Ele não vai reagir bem, ficará com raiva, mas ele tem um bom coração e o devota a você. Quero acreditar que, apesar de tudo, ele entenderá o que a levou a essa situação indesejável — Rosamund disse sem largar a mão da amiga. — Você não fez nada de errado. Você somente tentou fazer o melhor para você e para sua tia, e ninguém pode culpá-la por isso.

— Acredita mesmo que ele me ama?

Rosamund riu, dando algumas tapinhas na mão da amiga antes de soltá-la.

— Ele pode ainda não o ter percebido, mas certamente ama. Continua o mesmo rabugento de sempre, e Deus me perdoe por tratar tão mal a quem eu tanto adoro, mas qualquer um pode notar as pequenas mudanças que se operaram nele. — Vendo Lara corar e sorrir enquanto fungava, continuou: — E estou convicta de que você também o ama. Seus olhos mais parecem pratos quando você o vê. Além do que, você quase sempre suspira quando se refere a ele, bem como, nesta conversa, deixou bem claro que seu medo não é que a sociedade descubra, mas que Richard a odeie.

— Devo concordar com suas observações, senhorita Higgins.

Eris, se referindo à Rosamund ainda pelo sobrenome, completou, fazendo com que Lara corasse ainda mais. As três acabaram por sorrir, enquanto Lara admitia para as duas o que já sabia.

— Estar perto de duas pessoas tão observadoras é uma ruína para qualquer dama. — Tentou sorrir, apertando as mãos das duas amigas ao mesmo tempo. — Não posso discordar, mas ainda não sei o que fazer.

— Você não tem que fazer ou dizer nada neste exato

momento. Fleming lhe deu um mês para conseguir o dinheiro e suponho que você pode tentar barganhar mais tempo.

Rosamund concordou com um menear de cabeça antes de completar.

— E, enquanto isso, volte a tratar seu noivo com o mesmo afeto e atenção que sempre lhe devotou. Não o deixe descobrir tudo isso por outros lábios que não os seus. Confiança é algo importante para qualquer relacionamento.

Lara concordou, fungando mais algumas vezes antes de agradecer novamente às amigas. Não demorou muito mais para que a Sra. Hale voltasse para casa, encontrando as três ainda na sala. Apesar de a presença da mais velha ser agradável, animada depois da visita às amigas, a reunião não demorou a dissolver-se, com três mulheres realmente reflexivas acerca daquela situação difícil.

Não havia dúvidas de que Lara era a mais preocupada das três, mal conseguindo ocultar seu nervosismo da tia. Compartilhar o problema com alguém, entretanto, ajudou-a a pensar melhor na situação e enxergar outros caminhos — mesmo que não os caminhos os quais ela desejava trilhar. Pediu desculpas quando, logo após o jantar, recolheu-se aos seus aposentos com mil ideias martelando em sua cabeça sobre como conseguir mais tempo com Fleming e, acima destas, sobre como e quando falar para Richard sua real situação.

Para Rosamund, era um verdadeiro prazer caminhar pelas ruas iluminadas pelos postes a gás. Naquele início de noite, a caminhada de volta para casa lhe foi de grande valia para refletir a situação difícil na qual sua amiga se encontrava. Pensava em chegar a Ackerley e continuar reclusa aos próprios pensamentos, sem esperar que tão logo chegasse em casa o criado lhe desse o recado de que o patrão a estava esperando no escritório.

Respirou fundo. Preferia não ter que encarar Richard naquele momento e protelou pelo tempo que pôde o confronto, preparando uma bandeja de chá para os dois. Carregou a bandeja da cozinha até o escritório masculino sozinha, só encontrando um pouco de dificuldade para bater na porta antes de entrar.

Aquele era o ambiente mais austero da casa. Os livros eram poucos e, àquela hora, a lareira já fora acesa, deixando o ambiente confortavelmente quente e iluminado. Rosamund sorriu ao vê-lo absorto nos documentos sobre a grande mesa de mogno e não se inibiu para encontrar um lugar para depositar a bandeja, fazendo com que Richard guardasse os papéis nos quais vinha trabalhando, antes mesmo que ela sentasse na cadeira à sua frente.

— Estava me esperando?

— Obrigado pelo chá.

Mais cedo, Richard dissera quase que por impulso que queria falar com Rosamund tão logo ela voltasse para casa, mas agora que estava diante dela não sabia se queria, ou mesmo se deveria, tratar com ela sobre seu relacionamento com Lara. Esperou-a servir-lhe o chá e que os primeiros goles na bebida fumegante fossem dados para chegar à conclusão que pior seria evitar o confronto quando ele mesmo o provocara.

— Como está a senhorita Hale? Eu teria algo com o que me preocupar em relação à minha noiva?

Ele notara a diferença com a qual ela vinha lhe tratando e, se pudesse ter ideia do que estava acontecendo, ainda que pelo intermédio de Rosamund, tinha certeza do seu poder para encontrar uma solução adequada para qualquer que fosse o problema. A reação dela, para sua surpresa, não fora a esperada.

Apesar de notar a distância no modo pelo qual era tratado pela noiva, Richard gostaria que Rosamund tivesse se apressado em dizer que estava tudo bem e que ele poderia dormir tranquilo. Ela, ao contrário de suas expectativas, bebeu alguns goles do próprio chá antes de voltar o olhar para ele, sem um sorriso, mas com uma expressão serena.

— Ela está bem, Richard. Saudável, apesar de um pouco ansiosa com alguns problemas. Se algo sobre eles intriga-o, deve perguntar diretamente à senhorita Hale. Não caberia a mim revelar qualquer confidência de uma amiga quando em alguns meses vocês estarão casados. — Deu o seu melhor sorriso tranquilizador, bebendo mais um gole de chá, antes de prosseguir: — E não ouse tentar arrancar de mim os segredos de um chá de damas. Soaria terrivelmente deselegante tentar fazê-lo.

A brincadeira serviu para quebrar a leve tensão feita entre os dois, ainda que Rosamund não acreditasse ser de todo justa por fazê-lo. Por mais que Lara gozasse de boa saúde e tivesse a melhor das intenções para com Richard, havia sim um grande problema entre o casal. Talvez fosse seu dever ser sincera com o homem que não apenas a sustentava, mas a quem ela tinha e amava como a um irmão, mas Rosamund sabia que nenhum bem seria feito a ele com a sua sinceridade. Caberia a Lara falar-lhe o que a afastava dele, que não era a falta de interesse que Rosamund sabia passar pela cabeça de Richard.

Ser posta entre a cruz e a espada era uma situação de enorme desconforto, mas tratou de relaxar quando Richard lhe lançou um falso olhar de indignação.

— Você costumava ser uma excelente espiã quando menor. Sequer cresceu muito, mas pensa ter o direito de deixar de sê-lo.

Seu estreitar de olhos fez com que ele assumisse um ar divertido por trás da carranca, os dois conscientes de que aquela era uma estratégia para mudar de assunto. Estavam aliviados em poder voltar para as brincadeiras tão comuns entre eles, ao invés de continuar em um assunto que para ambos seria desconfortável.

— É direito de uma dama guardar segredos, bem

como o de não ter grande estatura. O que não significa dizer ser digno de um cavalheiro criticá-la por exercer suas prerrogativas.

— E você realmente acredita ser uma dama?

— Você beija minhas mãos, Excelência. Irrite-me mais uma vez e prometo não pôr os pés em sua cozinha por duas semanas inteiras. Nenhum livro novo irá me fazer mudar de ideia.

A carranca de pavor por ele interpretada foi digna de nota, antes de voltar a uma expressão tranquila, dando-lhe um sorriso.

— Você é uma diabinha nefasta, Rosamund. Sabe exatamente como desarmar um homem.

Ela riu, voltando a bebericar o chá antes de falar.

— Não faça mais comentários sobre minha estatura se não deseja ser desarmado.

O chá entre os dois terminou em um clima ameno. Rosamund não demorou a retirar-se levando consigo a bandeja por ela trazida — por mais que Richard tivesse reservado para si a pequena travessa de biscoitos que ficara intocada. Teria tempo de enviar uma pequena nota à sua noiva antes do jantar, e tinha certeza de que ela não se incomodaria em adiantar o passeio dos dois por Vauxhall Gardens para a tarde seguinte.

Capítulo 15

Betsy, a criada e dama de companhia de Lara, estava tendo mais trabalho do que o habitual naquela noite em conseguir que sua senhorita ficasse quieta por tempo suficiente para que o cabelo fosse bem preso e o espartilho apertado de modo adequado. O vestido foi escolhido a dedo para parecer simples. Não havia nenhum grande evento naquele final de tarde em Vauxhall Gardens, mas Lara queria parecer bonita o suficiente para impressioná-lo. Apesar de ter aceito de pronto o convite para o passeio nos jardins, que lhe havia pego de surpresa na noite anterior, estava nervosa com a perspectiva de ver Richard novamente.

Rosamund estava correta, e não era nem um pouco difícil admitir isso para si mesma. Não fazia o seu feitio ficar calada — o próprio Richard já chegara àquela conclusão —, muito menos esconder um problema tão grave. O seu medo pelas consequências trazidas pela verdade não podia fazê-la esquecer do outro ponto no qual Rosamund também tinha razão. Richard era um homem justo, e Deus sabe que Lara precisaria daquela justiça a seu favor. Ainda não tinha ideia se lhe contaria tudo o que os envolvia naquela noite, não quando seu maior desejo era ser abraçada por ele como se não houvesse nada no mundo além dos dois.

Richard estava acostumado com atrasos femininos para suspeitar que Lara não estaria pronta na hora marcada, mas em nenhum momento passou por sua cabeça a ideia de chegar após o combinado à casa dela. Esperaria com ansiedade para que sua noiva descesse as escadas e a elogiaria com cortesia quando ela o fizesse, apesar de que seus olhos estariam mais preocupados em desnudá-la. Foi pego de surpresa com a informação dada pela criada de que Lara já estava à sua espera na sala de visitas.

Por alguns momentos, os elogios que pretendeu fazer escaparam de sua cabeça e ele só conseguiu olhá-la. Cheio de admiração, conteve o pequeno ímpeto que nascia dentro de si, de orgulho e posse. Só depois lhe sorriu, como deveria ter feito tão logo entrou na sala, tomando a mão dela entre as próprias para que pudesse beijá-la, ainda buscando as palavras do cumprimento gentil que deveria ter sido seu primeiro passo.

— Alegro-me imensamente em vê-lo, Excelência.

O vestido parecia agradável para um final de tarde um tanto quanto abafado, e Lara sorriu ao ver o modo como ele se demorava em observá-la. As mangas eram de um tecido fino, mas longas, contrabalanceando o muito da pele do busto exposta pelo decote avantajado. Seu objetivo de deslumbrá-lo parecia cumprido. O sorriso de Richard quando ela falou foi o que fez com que a maioria dos pensamentos racionais se afastasse da cabeça de Lara, dando espaço apenas para aquela sensação de formigamento e torpor que quase sempre a acometia quando ele estava por perto.

— Acredito que a sua alegria não seja maior do que a minha, senhorita Hale.

Richard tinha certeza de que não era quando apertou a mão dela com um pouco mais de força, aproveitando o momento para poder girá-la, observando o movimento do tecido claro sobre o corpo dela sem que nenhuma criada pudesse ver sua admiração por apenas tê-la perto de si.

— Acredito que já esteja pronta.

— Betsy está terminando de se arrumar, então, poderemos sair.

Richard assentiu, ainda que a ideia de sempre ter alguém para vigiá-los o irritasse de todo. Não o demonstrou, contudo, contentando-se em puxá-la para perto de si e colar os lábios na orelha dela, sussurrando o quanto estava bonita e aumentando a própria satisfação ao ver aquela pele macia arrepiar-se antes mesmo que ele a beijasse na curva do pescoço. Antes que os lábios percorressem o inevitável caminho até a boca dela, porém, os passos da criada se fizeram ouvir, levando-o mais uma vez a uma distância aceitável de sua noiva.

Não demorou para que partissem. Os três se acomodaram com suficiente conforto na carruagem coberta de Ackerley. O caminho foi percorrido em uma conversa leve, que fez com que Richard terminasse por afastar qualquer receio que tivesse acerca da estranha atitude que Lara adotara nos últimos dias.

Betsy parecia ter aterrissado em um mundo de fantasias ao pôr os olhos nos jardins. Lara conseguiu manter uma expressão que beirava a neutralidade, enquanto acomodava a mão na curva do braço do noivo. Deixou-se guiar por ele pelo passeio, mas seus olhos brilhavam enquanto esquadrinhavam o lugar com atenção. Naquela hora, com o sol ainda alto, nenhuma moça de má índole exibia seus dotes na busca da sobrevivência, o que certamente tornava o passeio menos chocante para a criada, que não demorou a soltar uma exclamação encantada para a patroa.

— Senhorita, como tudo é lindo!

Lara limitou-se a assentir, apertando o braço do noivo com cumplicidade. Ele mostrava para as duas alguns dos locais mais aprazíveis do parque ainda não tão lotado, mas já com um considerável número de pessoas a trilhar seus caminhos. Não demoraria a escurecer e as reais atrações começarem, mas Richard queria um momento de tranquilidade antes de toda a agitação que aquele local poderia lhes propiciar — aproveitar-se unicamente da companhia dela antes que o mundo procurasse entreter os dois com seus charmes.

— Eu espero que haja fogos de artifício esta noite — Lara disse depois de um tempo, desviando-se do assunto que discutiam momentos atrás. Ela e Richard haviam escolhido um dos bancos sob as árvores para descansar, enquanto a criada recebeu de Lara a promessa de que os dois a esperariam ali antes de sair para um passeio rápido.

— Acreditei que você não tinha se deixado levar pela beleza de Vauxhall.

— Só estou me comportando como uma verdadeira *lady*. É importante conseguir fazer de conta que o sou quando estamos em público.

— Desde que, quando estejamos sozinhos eu possa ter a verdadeira Lara, não vejo problema. Assim eu não terei que compartilhá-la com o resto do mundo.

Os dois sorriram com o tom cúmplice da brincadeira. Richard levantou-se, estendendo a mão para ela tão logo o sol se pôs. Restava no céu ainda sua tintura alaranjada que se misturava em diversos tons até chegar ao azul que dava boas-vindas à noite.

— Nós devemos esperar Betsy aqui — ela advertiu, sem, entretanto, recusar-se a segurar a mão que ele lhe oferecia para ajudá-la a levantar-se.

— Nós estaremos aqui quando ela voltar.

Lara acreditava, mas não esperava que fossem se afastar tão pouco. Sabia que tinha dado poucas passadas, mas viu-se em um ambiente de todo diferente do anterior, como se tivesse atravessado uma passagem secreta sem dar-se conta. Estavam em um pequeno quadrado cercado de verde, sozinhos. Richard não demorou a puxá-la para si, os braços de Lara seguindo o caminho do pescoço do noivo para abraçá-lo, enquanto os lábios se encontravam em um beijo explosivo.

– Eu estava preocupado com você, mas vejo que tais preocupações não tinham razão de ser.

Lara poderia ter dito a verdade, mas, naquele momento, não existiam sedas, navios, Fleming ou qualquer outro problema. Eram únicos no mundo. Richard sussurrava em seu ouvido o quanto era linda, fazendo um calor cada vez mais conhecido se espalhar em seu abdômen, segundos antes de os beijos dele descerem de seu pescoço até o limite do seu decote.

Talvez gostar tanto do modo que seu corpo reagia ao estar com ele a tornasse uma indigna, mas só conseguia sentir-se encorajada em seu despudor ao senti-lo respirar com mais dificuldade depois que ela deixou escapar por entre os lábios um gemido baixo de satisfação. Richard não a achava uma devassa, e sim a mais desejosa de todas as mulheres. As amantes casadas sempre pareciam falsas, buscando mais presentes do que os que seus maridos podiam lhes dar. As prostitutas, bem… Você nunca poderia saber o que elas estavam de fato pensando.

Lara era um sopro de autenticidade que o fazia tirar da mente qualquer outra mulher, enquanto as mãos sentiam os contornos dos quadris largos sob o vestido, aumentando ainda mais o desejo de Richard de tocar os recantos arredondados de seu corpo.

– Senhorita Hale?

O chamado era baixo, mas parecia vir de perto. Lara mordeu os próprios lábios para conter-se, ainda que fosse Richard quem se afastasse, buscando o autocontrole perdido. Não precisavam mais de fogos de artifício, não quando todos pareciam explodir dentro de ambos. Betsy chamou outra vez, mas Lara sabia que não tinha como sair dali com o corpo vermelho e em chamas.

— Nós estamos aqui — foi Richard quem respondeu, saindo do seu campo de visão. Sem sombra de dúvidas encontrou a garota, cuja próxima fala pareceu aliviada. Fora a mão dele saindo de dentro de um arbusto que guiou Lara para a saída um pouco antes que a criada perguntasse por ela.

Poderia ter dito toda a verdade a ele, mas como? O tempo que passaram ocultos pelos arbustos certamente não seria de todo necessário para que pudesse lhe confidenciar o que a vinha afligindo, bem como a sebe não seria privada o suficiente para aquela conversa.

Ele preocupou-se o suficiente para levar o assunto à tona, mas a conduta dela o convenceu de que tudo estava bem. Não teriam outro momento, Lara sabia. Não ali, com a criada no encalço dos dois a cada passada. Mais uma vez, Lara se deixou levar, nem que fosse apenas por aquela tarde, pela sensação que ele lhe trazia de que tudo ficaria bem. Quando chegasse à sua casa teria tempo para pensar em um modo de dizer-lhe a verdade. Aquela era a coisa certa a fazer.

Voltar a agir com naturalidade quando estava perto de Richard — bem como de qualquer outra pessoa — fora um desafio vencido. Apesar disso, ela não se sentia bem em enganar o mundo ao seu redor. Mandou um bilhete para Fleming no dia posterior ao passeio em Vauxhall Garden. A resposta, recebida quase que no mesmo instante, não fora paciente. O homem parecia acreditar que, por ser enteada de um rico comerciante e estar noiva de um Duque, Lara possuía uma privilegiada situação financeira, o que não poderia ser mais distante da realidade.

Os dias depois daquele episódio iam se passando com letargia, pelo menos até uma semana depois, quando Hammer enviou uma pequena nota avisando que Joanne dera notícias.

Era aquilo que Lara precisava para abrir-se com o noivo. A nota informava ter sido a carga repassada para o Grand Queen, tal como o plano havia sido formulado, que seguia para Londres sob a guarda do Little Mindy. Ela esperava que um pedido de desculpas e o fato de que nenhuma peça de tecido se perdesse no segundo saque sofrido fosse o suficiente para que ele não a odiasse tanto pela mentira.

Os dias banais passados até ali lhe serviram para começar a delinear o plano que ganhou forma com a notícia da carga. Revelaria a verdade para Richard no navio — até mesmo acerca de Fleming. Falaria sobre as circunstâncias nas quais seu tio morrera, sobre como estava na miséria, sobre como o amava. Era uma ideia simples, com tudo para dar errado, mas era a única opção que ela tinha. Não se arriscaria a tratar acerca de um assunto tão delicado em um lugar que não considerasse seguro. Se tudo corresse bem, a ordem que Hammer tinha era para vender o navio e pagar as últimas contas do tio. Só assim ela respiraria em paz.

Se nada desse certo... Lara preferia não pensar nessa possibilidade, ao passo que escrevia uma nota para Hammer, que seria o responsável por marcar um encontro entre seu noivo e Tom Hart nas docas.

Os dias até o encontro não foram suficientes para evitar o esfregar de mãos constante de Lara, durante sua espera por Richard na cabine do navio convertida em escritório. O dia amanheceu chuvoso e ela podia ouvir as gotas grossas baterem no convés. O constante movimento da embarcação sobre as águas agitadas não a ajudava a acalmar os ânimos. Ela sabia que ele não demoraria a chegar. Ele nunca se atrasava.

Havia algo sobre a nota recebida dois dias antes que Richard não gostava. Não havia nada ali que fosse estranho — exceto que o encontro fora marcado em mar. Poderia ser uma reunião perigosa, se Richard não tivesse a intenção de deixar Brandon e seu administrador cientes de seus passos, bem como se não levasse por debaixo da casaca uma pistola confiável. Saiu cedo de casa, mas apenas o suficiente para chegar na hora ao local marcado.

Com suas roupas caras e seu porte de realeza, o Duque parecia extremamente deslocado na Lower Pool, com seus trabalhadores carregando peso, por vezes, sem camisa, entre os transeuntes. Jamais pusera os pés naquela parte do rio, por isso dava a si mesmo o direito de atentar para os pequenos detalhes daquela estranha Londres e daquele estranho Tâmisa.

O cheiro não era o mais agradável e a lama no chão afinava com a garoa, que aos poucos se transformava em chuva grossa, mas, nem por isso, seus passos eram menos decididos — ainda que Hammer, ao observá-lo, tivesse certeza de que ele estava um pouco perdido. Não demorou para que os dois se encontrassem. Hammer o guiou para o navio sem comentários, guardando para si o desejo de que a iminente conversa tivesse um bom resultado para Lara.

A embarcação não era grande como Richard esperava, mas parecia bem arrumada. Os poucos homens no convés estavam tão impassíveis ao clima quanto à sua chegada. Hammer o conduziu até as cabines, o calor do ambiente sendo bem-vindo após a exposição à chuva gelada. Apesar da maresia, o ar era abafado. Não foi, contudo, a quantidade de livros e papéis que chamou sua atenção, nem mesmo o balançar da embarcação ou o martelar da chuva e das ondas na madeira. Foi aquele palpitar suave no próprio coração ao ver Lara sentada, no que parecia a mesa de reuniões, que o incomodou mais do que simplesmente vê-la.

— O que diabos você está fazendo aqui?

Aquela não era a linguagem apropriada para um lorde tratar uma dama, principalmente quando a dama em questão era sua noiva. Também não era aquele um local adequado para uma dama ou um lorde, bem como o tom usado não foi o de uma reclamação para com ela. Na verdade, parecia mais assustado do que outra coisa, como se tivesse sido emboscado. A resposta que buscou foi em Hammer, que, com uma breve curvatura, saiu do camarote, deixando-os a sós. Foi só então que ele se voltou para ela, agora sim a voz chegando a um tom severo.

— Lara, o que você está fazendo aqui?

— Por favor, sente-se.

Lara acreditou que sua língua fosse passar o resto da manhã colada no céu da boca, não sendo habitual para ela não ter palavras. Richard preferiu ficar de pé, e ela viu-se na obrigação de também levantar-se, contrariando as ordens das pernas bambas. Começar não seria fácil, mas só havia um ponto de onde ela poderia partir.

— Meu tio era Tom Hart.

Ela falou, rápida e nervosa, sobre como aquele foi o modo de ele ganhar dinheiro. Falou acerca da relação com os homens da rainha, e sobre como ele era respeitado. Sobre como ele morrera sem qualquer presságio, sobre as dívidas, agradecendo aos céus por cada segundo que Richard passava calado, sabendo pelo modo que suas sobrancelhas se estreitavam e que ele apertava as próprias mãos, que não demoraria a interrompê-la.

— Então, você pensou que assumir os negócios do seu tio seria uma ótima ideia até encontrar uma fortuna que pudesse pagar pelas dívidas dele e para que você pudesse viver como uma dama? A minha fortuna!

Pensou que Lara seria mais sincera do que as outras damas da sociedade, que ela gostava verdadeiramente dele, mas estava enganado. Ele não passava de um modo de garantir a ela uma vida confortável. Aquele era um bom momento para que ele acabasse com todas as ilusões sobre encontrar uma boa esposa, limitando-se unicamente a qualquer esposa, como todo homem com juízo perfeito deveria fazer.

— Eu não quero que meu tio seja lembrado como um

caloteiro, mas eu nunca pensei em usar sua fortuna para isso! Você não pode me acusar por querer uma situação confortável para mim e para minha tia, nem de usar sua fortuna para tal quando tenho, pelo menos, tentado manter a nós duas por meus próprios meios.

Seria uma hipocrisia da parte dele, mas Richard não ligava para as próprias hipocrisias naquele momento. Estava com raiva e sentia-se traído pela mulher a quem confiara o próprio coração. Aquela, ele percebeu, não era uma sensação boa.

— Por causa disso, você se sentiu no direito de me enganar? Eu acreditei que você estivesse mais interessada em mim do que em dinheiro ou em um título! Você diz que não queria usar minha fortuna, mas deixou que seu homem fizesse um negócio bastante lucrativo comigo para que você conseguisse resolver seus próprios problemas financeiros.

— Eu não sabia que era você! — ela falou tão alto quanto ele, defendendo-se do único modo que podia. — Eu não sabia que era você até ser informada de que a carga atrasaria, Richard. Eu não teria aceitado o trabalho se soubesse. Eu não queria que ninguém soubesse, que ninguém descobrisse o que eu estava fazendo.

— Então, você se casaria comigo e eu jamais saberia que minha esposa era, na verdade, uma contrabandista?!

Ele estava fazendo as coisas ainda mais difíceis do que ela esperava, e cada vez que ele a interrompia, Lara ficava ainda mais nervosa.

— Richard, eu só precisava de dinheiro para pagar as contas do meu tio e o meu próprio dote. Eu não estaria enganando você. Eu não…

— Pare! Eu não quero mais nenhuma palavra, nem mesmo saber que raio de decência a fez, agora, me contar tudo isso. — Com mais frieza do que Lara poderia imaginar vindo dele, continuou: — Seu pagamento, senhorita Hale, será entregue para o seu homem tão logo o Grand Queen descarregue. Nosso compromisso, entretanto, está acabado. Desmancharei o noivado de modo discreto, não que sua honra mereça tamanha consideração. Não posso permitir que uma mulher de sua índole receba o título que pertence à minha mãe.

— Richard, por favor, me escute...

— É Excelência para você, senhorita Hale. Acredito que nossos negócios tenham se encerrado. Passar bem.

Richard ignorou o quanto ela parecia subitamente pálida ao virar de costas. Saiu do navio sem sequer trocar um olhar com Hammer. Não mais enxergava o movimento do porto, com seus homens carregando grandes pesos, não se incomodava com a lama que arruinava seus sapatos, nem mesmo sentia frio pelo vento ou pelas gotas de chuva que terminavam de ensopar seu casaco e molhavam seu rosto no caminho de volta para a carruagem.

Não se importou com o vulto de capuz que, por algum tempo, tentou alcançá-lo em uma corrida interrompida quase a todo passo e que se tornou sem sentido, depois que a carruagem na qual ele entrou começou a andar. Não olhou para trás para ver Lara, parada no meio da chuva, suplicando em silêncio para que ele voltasse.

Capítulo 16

Nos dias subsequentes, não havia quem ousasse — ou mesmo suportasse — aproximar-se de Richard. Quanto mais tentar descobrir que bicho o havia mordido. Não mais frequentou nenhuma festa, nem mesmo as quais tinha confirmado sua presença. Seu clube para cavalheiros não contou com sua ilustre presença nas tardes enfadonhas. Seu administrador limitava-se a enviar os documentos importantes para Ackerley, mas tinha plena consciência de que estes ficavam tão abandonados na mesa de seu senhor como quando estavam no escritório da cidade.

Foi Brandon o único com coragem o suficiente para entrar no escritório da casa, mas não tivera a intenção de sair de Ackerley bêbado — muito menos de ficar bêbado ao lado de uma companhia tão desagradável. O Duque estava, além de alcoolizado, particularmente intragável e mal-humorado. Ainda assim, recusava-se a dar qualquer vestígio do motivo para a piora em seus ânimos.

Como o bom amigo que era, Brandon mandou-o

tomar um banho, fazer a barba, comer algo de verdade e parar de preocupar a própria mãe, mas Richard tinha um bom rol de palavrões para repeli-lo. O que afastou Brandon foi a pequena afronta à sua honra — ressaltando a falta de direito dele, um irresponsável e ébrio habitual, de lhe dar qualquer conselho.

— Eu não irei me ofender com você hoje, mas espero que, quando estiver sóbrio, tenha a consideração de vir pedir-me desculpas.

Richard não se importou se o tom usado por Brandon demonstrava ter ele realmente se ofendido, mesmo que tal feito fosse admirável em se tratando de alguém com sua personalidade extrovertida. Na verdade, o Duque limitou-se a um resmungar de pouco nexo, enquanto o copo de Brandon foi pousado sobre a mesa e ele saía do escritório inabalado.

— Conseguiu falar com ele? — foi Lucretia quem o interpelou, tão logo Brandon a encontrou na sala de visitas.

Procurava não parecer agitada ou preocupada em exagero, mas a atitude do filho lhe trazia real inquietação. Brandon não se deixou levar pela pose de austeridade que era tão comum no filho da mulher à sua frente. Segurou-lhe as mãos entre as próprias antes de beijá-las com respeito, sem perder o galanteio que lhe era próprio.

— Dê-lhe algum tempo, Excelência. Deixe que ele beba todo o uísque que há na casa e o alimente por mais algum tempo. É Richard, quando ele estiver pronto vai voltar a agir normalmente. Ainda que seja tão enfadonho quanto está agora.

A pequena brincadeira a fez sorrir, e, a contragosto, teve que assentir com a fala do homem, beijando as duas faces de Brandon antes de lhe oferecer um chá, que foi dispensado com educação. Lucretia suspeitava que a situação do filho se relacionava com a pequena nota que a Sra. Hale lhe enviara há quatro dias, desculpando-se pela sobrinha não poder acompanhá-la no chá para o qual fora convidada.

Lara estava, segundo as informações de sua tia, com uma gripe forte que a deixou acamada, mas Richard recusava-se a falar sobre qualquer assunto e não se parecia com um noivo preocupado. Lucretia suspirou e serviu o chá para si mesma, mandando que Rosamund fosse chamada para fazer-lhe companhia, mesmo que para isso um bolo tivesse que desandar.

Apesar da sua preocupação, a única interferência a qual Lucretia se permitiu foi a de chamar Brandon, e mesmo sua boa intenção não surtiu os efeitos esperados. Rosamund, por sua vez, não pensou em atacar a frente mais óbvia e mais difícil, que era Richard. Seguia a mesma intuição que o problema se referia a Lara, com mais conhecimento de causa do que Lucretia, mas, mesmo com a demora em sua atitude, sentiu-se no direito de aprontar uma cesta com biscoitos frescos, e, ainda naquela tarde, dirigir-se à casa da amiga como se de nada soubesse.

Sorriu para a Sra. Hale, oferecendo-lhe uma geleia de frutas vermelhas, antes que ela mandasse a criada ver se Lara sentia-se disposta a receber alguém. Enquanto esperava, não se inibiu em conversar amenidades com a Sra. Hale, descobrindo que Lara, de fato, estava doente o suficiente para não sair da cama há dias. Queria vê-la para oferecer biscoitos, conforto e um abraço, ficando aliviada quando a criada disse que a senhorita Hale não via problema em Rosamund subir até seu quarto. A Sra. Hale também parecia feliz por a sobrinha conversar com alguém, tanto que deixou que a criada a guiasse até o quarto de Lara, dando instruções para que ela voltasse à sala tão logo o fizesse.

Se as cortinas estivessem abertas, o ambiente amplo estaria bem iluminado, mas essas permaneciam cerradas e Lara, deitada sobre a cama de casal, parecia um pouco pior do que sua tia fizera parecer. O rosto estava vermelho e inchado. Os olhos, antes vivos, mantinham-se baixos, como se estivessem sonolentos. Isso não a impediu de sorrir quando Rosamund entrou no quarto, muito menos que a morena se sentasse em um espaço livre sobre a cama, assim que a criada se retirou, abraçando a amiga com carinho.

O gesto de afago era típico de Lara, mas debulhar-se em lágrimas após ele não era. Não se deu ao direito de chorar nenhuma vez —não o faria com a criada, nem preocuparia ainda mais a tia, tentando explicar-lhe uma situação incompreensível. A começar com o fato de o falecido marido dela ser um contrabandista. Ali estava alguém que conhecia seu problema, e Lara sentiu poder chorar pela raiva que sentia do tio por ter morrido, de Fleming por tê-la ameaçado e de Richard por tê-la deixado. Raiva por ter ficado feito uma estúpida na chuva e acabado doente por isso.

Rosamund limitou-se a esperar que ela se acalmasse, não oferecendo nada mais que conforto, enquanto deslizava as mãos pelas costas da amiga. Entregou-lhe um lenço quando Lara ficou mais calma, bem como a cesta de biscoitos, que foi recebida com um sorriso entrecortado com um fungado.

— Ele rompeu o noivado comigo, mas você já deve saber disso. Toda Londres deve saber.

Aquela primeira fala na voz rouca, magoada, fez com que Rosamund estreitasse o cenho em confusão, balançando negativamente a cabeça antes de responder.

— Eu não sabia, e posso lhe garantir que não há nenhum comentário em toda Londres sobre isso.

Lara também pareceu intrigada, e, depois de um suspiro ou dois, contou exatamente o que acontecera na manhã na qual revelara toda a verdade a Richard.

— E agora eu estou aqui, presa nesta cama, sem poder fazer nada.

Lara sequer queria fazer algo naquele momento. Ficar no quarto, fazendo de conta que o mundo não existia para lhe trazer tantos problemas, passou a parecer uma ótima ideia, mesmo que tivesse demorado um pouco a perceber aquilo entre os episódios de tosse, espirros e febre. Mostrava-se uma decisão melhor ainda agora que tinha biscoitos e uma amiga por perto para lhe apertar a mão, sem se importar com o fato de que Fleming poderia arruinar para sempre sua reputação, ou pelo menos fazendo de conta que não se importava.

Para Rosamund, o autoexílio de Richard fez imediato sentido. Ele não era um homem de reações impulsivas, mas romper o noivado decerto fora uma delas, já que ele não disse isso para ninguém, nem mesmo fez questão de tornar público o rompimento. Estava magoado e tinha vontade de magoá-la também, ainda que aquilo não fosse certo. Nenhuma palavra sobre suas próprias conjecturas acerca de Richard foi bem-vinda, por mais que, pelo menos até pouco antes do anoitecer, ela tivesse tentado fazê-las presentes entre as amenidades com as quais distraía Lara. Também não era certo que Rosamund fizesse conjecturas sobre os sentimentos das pessoas que a rodeavam, e nem por isso ela fazia com que a mente deixasse de funcionar enquanto consolava a amiga com assuntos aleatórios e biscoitos.

No feliz reencontro, nenhuma das duas se deu conta que, por trás das cortinas, o sol já se escondera há horas. Rosamund, tomada de surpresa pelo decorrer do tempo, anunciava sua partida, quando Lara, com uma cara de poucos amigos e prestes a chorar novamente, entregou-lhe um pequeno saquinho de veludo.

— É o anel de noivado. Eu quero que você devolva a ele.

Lara sabia que devia fazer aquilo pessoalmente, mas dadas as atuais circunstâncias — e a dor de cabeça que já estava voltando, indicando que, com ela, a febre —, não poderia fazê-lo tão cedo. Manter a joia perto de si não lhe fazia bem. Encarar o anel em seu dedo era uma constante lembrança de que ele não mais a pertencia, assim como Richard também não. Pelo menos as cartas trocadas durante o noivado estavam guardadas na segunda gaveta de sua mesinha, no mundo distante que parecia a biblioteca naqueles dias, deixando longe de seus olhos a maioria das lembranças. Rosamund suspirou quando ela confirmou ter certeza ser aquilo que queria fazer, deitando a cabeça no travesseiro em um claro sinal de que precisava descansar.

— Ele irá devolver este anel a você.

— Eu não aceitarei, mesmo que ele se ajoelhe.

Rosamund quis contra-argumentar, mas limitou-se a beijar a testa da amiga e guardar o anel em segurança dentro da bolsinha que levava presa ao punho. Despediu-se da Sra. Hale com um sorriso e enfrentou de volta o caminho para casa acompanhada por um turbilhão de ideias e um pensamento fixo: como duas pessoas podem ser tão tolas e se merecerem tanto?

Ante o enfado no qual o jantar se traduzira, Lucretia gostava de contar com a companhia de Rosamund, pelo menos nessa refeição. Tanto que foi com espanto que descobriu que ela ainda não havia voltado do passeio que iniciara antes do chá. O adiantar da hora e o escurecer da noite fez com que sua preocupação falasse mais alto. Alto o suficiente para que ela ousasse entrar no escritório do filho sem bater, ganhando um olhar de pura consternação, bem como de espanto pela ousadia. Apesar disso, ele não teve tempo para reclamar antes de ser bombardeado.

— Rosamund saiu antes de o chá ser servido e ainda não voltou. Eu não me importo se você está cheio de autocomiseração, mas a única pessoa que pode ir procurá-la é você.

Richard estreitou o cenho por algum tempo, tentando fazer com que as palavras da mãe ganhassem algum sentido em sua cabeça. Não era o álcool que nublava seus pensamentos, mas a sensação de sonolência. Havia parado de beber antes de o jantar ser levado para ele, mas sua mãe não precisava saber disso. Passou as mãos pelos olhos, subindo-as para os cabelos, sem ligar se Lucretia esperava por uma resposta enquanto o encarava, pelo menos até as coisas ficarem claras em sua mente.

— Nenhum dos criados sabe para onde ela foi?

O fato de ele não ter um tom de voz pastoso fez com que Lucretia agradecesse em silêncio, bem como o fato de que ele se levantou bem equilibrado, sem parecer um bêbado tonto, apesar de suas vestes amassadas, a barba por fazer e os cabelos em desalinho lhe darem um ar denegrido. Lucretia não se limitou a responder negativamente à pergunta dele. Na verdade, começou a discorrer sobre a imprudência de Rosamund sair sem avisar-lhe nada — como se ela fosse uma menina que lhe devesse satisfação de cada passo — nas atuais circunstâncias.

— Dê-me quinze minutos e eu irei atrás dela.

Foi o tom de voz usado que a fez calar-se, assentir e sair do escritório. Richard precisava lavar o rosto, para dizer o mínimo, antes de ousar colocar os pés para fora de casa. Uma casaca desamassada também seria de bom tom, ainda que imaginasse que Rosamund não estivesse longe. Era provável ter perdido a hora em algum dos parques nos quais gostava de se embrenhar, ou pelo menos era disso que tentava convencer-se antes de chamar por seu valete.

O criado parecia alegre em poder ajudá-lo, ainda que tivesse de lidar com o mau humor acentuado do patrão, que só aumentou quando, logo após pronto, umas das criadas de sua mãe o avisou que Rosamund havia chegado e já estava com a Duquesa, jantando em sua sala particular. Quis mandar-lhe um recado rude por sua falta de prudência em preocupá-los sem motivos, mas utilizou-se de toda a sua boa educação para não xingar alto antes de mandar o breve recado de que a queria ver na biblioteca tão logo a refeição acabasse. Dispensou o criado e caminhou a passos lentos até o aposento. Quando se dirigiu à garrafa de uísque foi apenas para fechá-la.

Rosamund não precisou de mais do que a cortesia do criado em lhe dar o recado de Richard para saber que ele estava irritado, bem como sóbrio. Não deixou que o incontrolável monstro do nervosismo que se instalou em sua barriga atrapalhasse seu jantar. Logo, alimentou-o generosamente antes de desculpar-se com Lucretia e retirar-se da sala particular para encarar a fera que lhe esperava. Para seu pouco consolo, o território seria o dela, não o dele.

A lareira estava acesa, não apenas iluminando o ambiente, mas também o tornando confortavelmente quente. Quando se sentou na poltrona na frente da de Richard, não deu um sorriso travesso tentando esconder o próprio nervosismo. Apenas encarou-o por um segundo antes de descer os olhos para as próprias mãos.

— Posso saber onde você estava?

— Na casa da senhorita Hale. Fui acompanhá-la em um chá.

Não foi sua intenção, em nenhum momento, esconder-lhe a verdade. Havia previsto a pequena expressão de dor no rosto dele, oculta com agilidade pela máscara de frieza que Richard quase sempre usava. Ele não esperava que ela fosse tão direta, mas pretendeu não se deixar abalar. Conhecia o suficiente a língua de Rosamund para saber que ela poderia tentar confrontá-lo, por isso, antecipou seu discurso, ignorando os momentos que pretendera dar a ela para sentir-se culpada por deixar a todos preocupados, apesar de que não fora ágil o suficiente, posto que precisara de algum tempo para recuperar a si mesmo.

— Você tem liberdades que poucas damas têm, Rosamund, e eu não quero ser forçado a retirá-las por você usá-las indevidamente. Informe para onde pretende ir e não mais nos surpreenda com caminhadas noturnas.

Ela assentiu. Richard estava novamente pronto para lhe dar o momento para que ela se sentisse culpada e desculpar-se antes de dispensá-la, mas Rosamund fora mais rápida e o pegara de surpresa, mais uma vez, ao usar o momento que deveria ser de arrependimento para argumentar. Não havia nada que Richard quisesse menos que ela fizesse.

— Eu peço desculpas, mas perdi a hora ao consolar uma amiga triste e doente.

Richard também se sentia triste e doente, e queria dizer que Rosamund não tinha que se meter em seus assuntos, mas a curiosidade sobre o que mais ela falaria o fez manter-se calado, encarando-a com uma expressão de aviso para que ela não extrapolasse os limites do bom senso. Rosamund apertava contra os dedos a pequena sacola de veludo onde estava o anel de noivado que lhe fora devolvido e, com um gesto pouco delicado, a estendeu para Richard.

— Lara está acamada há alguns dias, por isso pediu-me para que lhe devolvesse isso, sabendo que não mais era do seu agrado que ficasse com ela.

Ele descobriu o que havia ali antes mesmo que a pequena sacola caísse em suas mãos. Não havia se lembrado do anel até que ele lhe fosse devolvido, e o aperto no peito que precedeu à notícia de que Lara estava acamada foi tão ruim quanto ver aquela joia sem estar no dedo dela. Quis mandar Rosamund sair e voltar para a garrafa de uísque, mas a voz macia chamou sua atenção para a pálida figura à sua frente, que, apesar de pequena sobre a grande poltrona, não parecia nem um pouco frágil ou disposta a assustar-se com a carranca que ele lhe dirigia.

— Eu sinto muito que você não tenha tido paciência para toda a verdade, bem como pelo fato de que você faz com que os dois sofram desnecessariamente, sabendo que conseguirá, em algum momento, ver os fatos por outro ângulo e perdoá-la.

— Ela mentiu para mim.

Havia raiva ali, incontida o suficiente para permiti-lo falar com alguém pela primeira vez sobre aquilo. Mesmo que ele se permitisse apenas uma frase.

— Ela contou a verdade. Agora cabe apenas a você decidir o que fazer com ela.

O tratamento era tão informal quanto poderia ser, inadequado como um todo, principalmente quando, ao invés de resignar-se a sair da biblioteca, Rosamund levantou-se e aproximou-se da cadeira onde Richard permanecia imóvel, afagando os cabelos do Duque e beijando-lhe a face como teria feito com um irmão. Saiu deixando-o com um peso maior do que a culpa que ele quisera infligir a ela, peso esse que nenhuma dose de qualquer bebida aliviaria enquanto segurasse aquele saquinho de veludo entre os dedos. Talvez fosse melhor dormir um pouco antes de fazer o que Rosamund lhe dissera: decidir o que fazer com a verdade que lhe fora revelada.

Capítulo 17

Uma noite bem dormida não bastou para que Richard soubesse qual o modo mais adequado para lidar com o problema que se interpusera em seu noivado, mas ajudou-o a perceber que o estava encarando de modo equivocado. Levantou-se mais tarde do que o de costume, mas, por pura sorte, o café da manhã ainda não havia sido retirado da mesa quando chegou a ela. Era hora de voltar, ainda que atrasado, para a sua rotina. Ler os jornais da semana, refletir sobre as atuais pautas do parlamento e descobrir com quem deveria falar para resolver os próximos negócios.

Mandou até mesmo uma pequena nota para o seu administrador, avisando que no máximo em três dias estaria lhe enviando os documentos pendentes assinados e que não demoraria a voltar para o escritório. A rotina, entretanto, não parecia suficiente quando ele se sentou no escritório de casa e não pôde puxar um papel para escrever para Lara sobre as últimas notícias. Devia concentrar-se nos negócios, ainda que essa tarefa se mostrasse árdua, tanto que quase agradeceu quando o mordomo o interrompeu, apesar de estreitar o cenho quando ele lhe disse que, ao contrário de qualquer expectativa, Fleming esperava para vê-lo.

Fleming não gostava de aguardar por um dinheiro que tinha como seu. Com o passar dos dias, concluiu ter pedido pouco à senhorita Hale para manter sua boca fechada. Um pensamento foi levando a outro e não foi difícil chegar a uma segunda conclusão. Apenas uma pessoa poderia querer mais do que a própria garota que ele mantivesse aquele segredo para si: o Duque.

Não seria de todo agradável ter que confrontá-lo, mas a perspectiva de poder aumentar os rendimentos naquele empreendimento o fez acordar mais cedo do que o costume, bem como vestir uma de suas melhores casacas antes de rumar para Ackerley depois de um farto café da manhã.

A residência era adequada para o título de quem nela habitava. A decoração não havia mudado muito de um Duque para o outro, mas ele não conseguiu deter os olhares indiscretos para as peças preciosas que viram o passar das gerações de seus pequenos pedestais. Tentava descobrir o valor de cada jarro de mármore que enfeitava o ambiente, como já havia feito quando era o pai de Richard quem ostentava o título, enquanto refazia os cálculos de sua barganha.

Os dois homens esperaram que o mordomo que escoltou Fleming até o escritório se retirasse antes de se cumprimentarem sem nenhuma simpatia. Richard estava de pé, e não convidaria Fleming para sentar. Por sorte, ele também não o esperava para começar a falar com um tom calmo, como se nada pretendesse.

— Acredito que Vossa Excelência tenha interesse que uma informação de meu conhecimento não seja divulgada.

— E o que o faz acreditar nisso, Fleming?

O tom entediado de Richard não evitou o sorriso

de seu interlocutor, que apertava os dedos roliços uns nos outros, enquanto buscava, dentre todos os modos ensaiados, o mais apropriado de dizer o que queria.

— Não acredito que algum Duque queira que a imagem de sua futura Duquesa seja denegrida por uma indesejável ligação com negócios escusos nas docas. — Com um sorriso de satisfação, Fleming continuou interpretando, de modo equivocado, o leve rubor que subia do colarinho de Richard para o seu rosto. — A senhorita Hale me pareceu bastante surpresa quando a encontrei no porto. Gosto que pensar que Vossa Excelência e sua noiva estão empreendendo os esforços necessários para não serem comprometidos, e nada mais justo do que pagar um homem honesto para empreender os mesmos esforços.

Naquele momento, Richard não sabia se o que o irritava mais era o término do noivado ou o fato de aquele homem sentir-se no direito de vir chantageá-lo. Não precisava pensar muito para deduzir que ele havia tentado fazer o mesmo com Lara, e, a julgar pelo nervosismo dela na última vez que se encontraram, conseguira. Fleming dera a si mesmo o direito de rir, balançando a cabeça negativamente.

— Eu não sou tolo o suficiente para acreditar que você desconhecia as atividades dela. Só temos que chegar a um acordo razoável quanto ao valor para que eu me mantenha calado.

Richard não sabia de onde tirara aquela reação. Se da risada de Fleming, de sua postura pretensiosa, do pensamento sobre há quanto tempo Lara devia estar sendo manipulada por aquele homem ou do simples modo que ele dissera a palavra "acordo" e, pouco depois, "valor". Somente tomou consciência novamente de si quando o terceiro soco foi desferido contra o rosto de Fleming, que, àquela altura, estava caído sobre uma das mesas do escritório, enquanto o tinteiro que caiu ao chão manchava de negro o carpete que cobria o piso.

O estardalhaço dos gritos de Fleming, não abafados pelos socos, fez que os criados entrassem assustados no escritório, afastando o patrão do homem caído, que limpava o fio de sangue que escorria de seus lábios.

— Você irá se arrepender por isso, Wanthrop.

— Tenho certeza de que jamais o farei — Richard disse, soltando o lenço que, naquele momento, parecia muito apertado em seu pescoço, enquanto seu valete, com a ajuda de mais dois empregados, empurrava seu corpo na cadeira mais próxima, temendo que o patrão continuasse com aquela briga deselegante. Outros três empregados arrastavam Fleming para fora da casa sob as ordens iradas do patrão.

A vontade que tinha, inflamada pela raiva, era de continuar socando a face do outro, mas acabou por deixar o corpo relaxar após beber com agilidade o copo de uísque que fora colocado em suas mãos, feito do qual Richard não lembraria. Ainda sentia o coração bater forte, como se retumbasse em seus ouvidos e não dentro do peito, enquanto murmurava imprecações, mesmo quando já não mais podia ouvir os gritos consternados de seu adversário ao ser expulso da casa como um bêbado encrenqueiro de uma taverna suja.

Quando o escritório já havia sido arrumado e Richard estava mais uma vez composto, muito tempo depois do incidente, ele ainda teve que escutar o longo discurso da mãe sobre não o ter criado para portar-se como um moleque de rua. Escutou, e até mesmo conseguiu divertir-se com o fato de que em nenhum momento Lucretia pareceu se incomodar por um homem ter sido expulso de sua casa com sangue escorrendo pelo rosto, mas irada por dois de seus vasos terem sido quebrados. Não se permitiu não comentar tal detalhe, e o olhar de sua mãe o fez ter certeza de que ela não estava chateada com sua reação, mesmo que não soubesse ao certo o que a tinha motivado.

O mais importante é que, depois de descontar toda a

raiva que sentia, por fim, Richard descobriu o que fazer com a verdade que Lara lhe dera.

Ainda que admitir o próprio erro não seja uma atividade agradável para nenhum ser humano, depois de admitido, não é tão difícil assim encontrar um modo de pedir desculpas. No caso de Richard, difícil foi conseguir coragem para colocar o anel de noivado, junto a um envelope fechado, dentro do bolso da casaca no dia seguinte.

Mais difícil ainda foi pegar a carruagem que o levaria à casa de Lara, não sem antes conseguir dois ramalhetes de rosas — uma para sua noiva e outro para a Sra. Hale.

Quando o Duque acreditava que as dificuldades estavam acabando, ele teve que descer da carruagem e bater à porta sem a exata certeza se seria recebido como gostaria, ainda que não esperasse qualquer descortesia por parte da Sra. Hale. Esta, de fato, mostrou-se bastante contente com o súbito reaparecimento do Duque. Mandou que o chá fosse servido e as flores fossem postas em um vaso, bem como que a sobrinha fosse avisada da sua presença por meio das rosas a ela oferecidas, que foram levadas para o quarto de Lara por Betsy.

Richard não pôde escutar a resposta mal-educada que Lara deu à criada que levou as rosas, nem mesmo soube quando estas voltaram para o andar inferior e foram jogadas no lixo em nome da patroa mais nova. Sequer conseguiu escutar o que a criada cochichou no ouvido da Sra. Hale, ainda que pudesse imaginar, ante o sorriso sem graça que a mulher lhe devotou.

— Excelência, é realmente um prazer vê-lo, mas acredito que minha sobrinha não poderá acompanhá-lo hoje. Lara continua adoentada, mas ela não tardará a escrever-lhe uma pequena nota e agradecer suas atenções.

Richard apertou os lábios para não parecer frustrado, ainda que o estivesse por inteiro. Seu plano era encontrar-se com Lara e entregar-lhe a carta pessoalmente, não ficar preso à sala de visitas, sem a possibilidade de vê-la, enquanto o envelope e o anel ainda pesavam em seu peito. Bebeu um gole de chá para esconder sua consternação, e, por mais que lhe pesasse, retirou do bolso o envelope, sorrindo para a Sra. Hale e pronto para pedir-lhe o maior favor da sua vida.

— Sei que estou abusando de sua boa vontade, Sra. Hale, mas peço que entregue isto para a senhorita Hale. Espero de bom grado que ela leia a missiva, ainda que não a responda. Só insisto para que ela leia. Prefiro esperar aqui pela resposta.

— Não é nenhum abuso, Excelência. Verei o que posso fazer.

Richard sorriu quando a própria Sra. Hale subiu para o quarto da sobrinha, sabendo que ela seria a única pessoa para quem Lara daria uma resposta positiva. O chá de pouco serviu para que ele aplacasse o nervosismo, visto que não poderia sair da cadeira na qual estava para caminhar sem rumo pela sala, muito menos tomar uma dose de *brandy* tão cedo.

Contava com o bom senso de Lara. Toda aquela demora deveria significar que ela estava aprontando-se para vê-lo, mas bastou que a Sra. Hale voltasse à sala para que Richard pudesse ver em sua expressão que seus esforços foram em vão.

— Eu sinto muito, Excelência. — A Sra. Hale tinha um sorriso complacente quando lhe devolveu o envelope. — Acredito que a doença a tenha deixado um pouco irritada — ela desculpou-se, mas Richard sabia que o motivo da irritação de Lara não era a doença. Devolveu para junto da aliança o envelope intacto e agradeceu à Sra. Hale pela tentativa antes de pousar a cartola sobre os cabelos e rumar de cabeça erguida para fora da casa.

Não havia desistido de falar com Lara ainda naquele dia, o que não o impediu de estar irritado pelo resto da manhã, torturando a si mesmo ao reler as cartas que ela lhe mandara. Tinha certeza de que a ideia que alimentava para ser ouvido era péssima, mas talvez somente uma péssima ideia pudesse redimi-lo por um grande erro.

Lara começara o dia com o nariz congestionado, mas foi com alegria que sua tia constatou que a febre cedera durante a noite. Tomou o café da manhã na cama e, mesmo que se sentisse um pouco mais disposta, recusou-se a ler o jornal que lhe foi levado. Estava terminando o chá quando a criada entrou no quarto como se tivesse visto um elefante voando na cozinha, mas o real motivo da empolgação da moça era a presença do Duque na sala, e quase fez Lara engasgar com o chá.

— Jogue essas flores no lixo e avise que eu não vou descer.

Foi a vez de Betsy quase engasgar-se, mas com a própria saliva, enquanto olhava embasbacada para a patroa.

— Mas, senhorita, é o Duque! Seu noivo — ela tentou esclarecer, ganhando apenas um olhar indignado da patroa.

Lara não tinha disposição para explicar para qualquer outra pessoa que Richard rompera o compromisso e que ela já devolvera o anel. Por sorte, não tinha que fazê-lo.

— Eu sei quem ele é, também sei que não quero recebê-lo.

Betsy sabia que aquela briga estava perdida quando Lara se virou de costas para ela, o que a fez descer as escadas e jogar as flores fora, como fora ordenado, ainda que aquilo fosse um desperdício com um buquê tão bonito. A alegria da criada foi ver que a Sra. Hale assumira a situação, mas sua animação não durou muito, já que nem mesmo a paciência da senhora persuadiu a senhorita a receber o noivo.

A visita de Richard foi importante para que Lara pudesse reagir. Sair de casa, ou mesmo dos próprios aposentos, era ainda impensável, mas ela deixou-se banhar, abriu as cortinas do quarto e pediu que a roupa de cama fosse trocada. Na hora do jantar, apesar de o nariz ainda estar congestionado, ela vestia uma camisa de dormir limpa e, pela primeira vez desde que caiu doente, se alimentou de modo satisfatório aos padrões de sua tia.

Não estava feliz, mas sentia-se menos triste. Procurava tomar consciência de que aquele aperto no peito que a perseguia não duraria para sempre. Teria que aprender a conviver com o fato de que Richard havia terminado o relacionamento dos dois. Mais difícil seria convencer Fleming de que ela não tinha nenhum dinheiro que pudesse dar a ele em troca da própria imagem.

Lara suspirou e foi com esse pensamento que retirou debaixo da cama os últimos cadernos de contas — que ali ficavam guardados por precaução — pouco depois de a criada desejar-lhe boa noite. Ao menos tinha algo no que pensar ao invés de consumir-se de curiosidade sobre o que teria na carta que Richard lhe escrevera.

Fora difícil mandar a tia descer com aquele envelope intacto, mas Richard não merecia que ela lesse uma só palavra. Não quando ele a deixara sozinha, plantada na chuva como se fosse uma idiota, sem lhe dar a chance de explicar quase nada. Se ele não lhe havia mostrado consideração quando ela compartilhara um dos momentos mais difíceis que tivera que enfrentar, também não merecia qualquer consideração para o que quer que fosse.

Os livros de cálculos foram abandonados antes de serem abertos pelo rumo que os pensamentos de Lara tomaram, sem cumprirem a função de distraí-la durante a noite. O que na verdade a retirou de dentro da própria cabeça foi o estranho barulho que veio da sacada.

A curiosidade não permitiu que Lara se mantivesse na cama, mas foi o receio que a fez segurar fortemente o castiçal que estava ao seu lado. Ter uma vida dupla deveria estar afetando-a — já que não mais podia culpar a febre — para que ela se assustasse com o barulho do vento nas plantas que cobriam a treliça que ficava abaixo da pequena sacada do seu quarto. Apertou o roupão em torno do corpo e abriu a pequena porta, segurando o grito, mas não o xingamento, quando viu uma figura vestida de negro em sua sacada.

Levantou o castiçal que tinha nas mãos, mas, antes que pudesse bater com toda a força na cabeça do invasor e jogá-lo de volta para o térreo, reconheceu os olhos azuis que a encaravam aborrecidos.

— Não vá estragar tudo agora. Eu tive trabalho demais para chegar até aqui.

O tom de voz usado por Richard não era o mais amistoso. Os gestos dele para tirar a sujeira que ficara na capa preta e o modo como a seguiu para dentro do quarto também não o eram. Richard deixara o cavalo a uma quadra dali. Pelas cartas que ela mandara, fora quase fácil descobrir qual era o quarto correto, além do que, não havia outra treliça na casa que não a que ficava abaixo daquela janela.

Ele não estava acostumado a que as pessoas não o escutassem, menos ainda que se recusassem a vê-lo. Nunca alguém a quem ele apreciava o havia feito, muito menos enquanto tentava fazer a coisa certa. Subir uma treliça até o segundo andar de uma residência não foi o mais fácil dos desafios. Na verdade, Richard se enganchara por duas vezes entre as plantas e quase caiu por três, o que era humilhante para alguém em sua posição.

Lara não sabia o que pensar, mas, para o alívio do Duque, colocou o castiçal em uma mesinha antes de virar-se para ele com os braços cruzados sobre o busto, não parecendo feliz com a visita. Esta atitude feriu ainda mais o orgulho masculino.

— O que você veio fazer aqui?

— Se você não tivesse se recusado a me receber mais

cedo, eu não estaria aqui.

— É meu direito não receber um cavalheiro que me visita, mas não é direito de tal cavalheiro invadir o meu quarto no meio da noite.

Richard bufou, o que não era educado e demonstrava o quão irritado ele estava. Livrou-se da capa que usava, deixando-a sobre o espaldar de uma cadeira antes de tirar do bolso a mesma carta que levara para lá naquela manhã, estendendo-a para ela.

— Leia isso.

— Não lerei.

A resposta foi dita de modo automático, antes que Lara pudesse reconhecer que era mais difícil recusar-se a fazê-lo quando ele estava à sua frente, com o cenho franzido e os lábios finos comprimidos. Fora por essa dificuldade que Lara se recusara a vê-lo mais cedo. A teimosia que fazia com que ela mantivesse os braços cruzados, ainda que tentada a agarrar a carta e o portador dela.

— Mulher teimosa — Richard grunhiu, antes de passar a mão livre pelos cabelos, respirando fundo na tentativa de recuperar a calma. — Eu só peço que leia, Lara. Depois de ler, se ainda estiver com raiva de mim, apenas uma palavra sua será necessária para que eu me afaste para sempre.

Ela deu alguns passos antes de estender a mão para pegar o envelope. Richard deixou os ombros caírem, enquanto o ar que não sabia estar segurando escapava de seus pulmões, em um suspiro nervoso. Afastou-se o quanto pôde para dar a ela um pouco de privacidade, ainda que seu desejo fosse tomá-la entre os braços.

Lara sentou-se na cama, aproximando o papel do castiçal de modo a poder enxergar a conhecida letra de Richard. Passou mais tempo refletindo do que realmente lendo, ainda que, em seu coração, não duvidasse quanto à resposta a ser dada para a pergunta que encerrava a carta.

"(...)

A afeição que sinto por ti jamais poderia transcrever aqui, ainda que me dê ao direito de esperar que você a tenha percebido a cada vez que lhe pedi desculpas nesta missiva. Desta afeição espero que jamais tenha qualquer dúvida, assim como a mim não restam dúvidas que só poderei alcançar a felicidade conjugal ao seu lado. A única incerteza que me aflige é não saber se ainda gostaria de presentear-me com tal felicidade. Se ainda aceitaria honrar-me ao tornar-se minha esposa.

Do seu,
Wanthrop"

Ele nunca havia sido tão subserviente. Jamais pedira com tanta delicadeza algo que já era dele. Lara fungou, mais de uma vez, limpando os cantos dos olhos antes de respirar fundo, afastando os papéis do castiçal.

— Sim — declarou olhando para um ansioso Richard, que procurava distrair-se com a paisagem noturna, mas que se virou de uma vez de volta para o quarto quando ouviu o som da voz dela.

— O que você disse?

— Eu disse que sim, Richard.

Richard então sorriu, tirando do bolso o anel que ela lhe havia devolvido. Ajoelhou-se na frente de uma Lara imóvel, tomando as mãos dela entre as próprias para que a joia voltasse para o lugar de onde nunca deveria ter saído. Beijou-lhe os dedos com carinho, fazendo-a sorrir. Lara retirou as mãos das dele para que pudesse segurar-lhe o rosto, acariciando as bochechas de seu noivo antes de erguê-lo, trazendo para os seus os lábios dele.

Capítulo 18

Richard não queria levantar-se daquela cama, não quando sentia o cheiro de Lara em todos os lençóis, impregnado no seu corpo. A mão dela repousava despretensiosamente sobre o abdômen dele e o Duque podia escutar sua respiração cadenciada, que indicava que ela dormia. O aproximar da aurora se fazia visível pela janela do quarto. Beijou-lhe os cabelos de forma demorada, fazendo um caminho tortuoso com os lábios pelas costas nuas dela na vã esperança de acordá-la, mas acabou por chegar a uma conclusão importante sobre sua futura esposa: ela realmente tinha o sono pesado.

— Lara, você precisa acordar — disse, em um tom de voz suave, sacudindo-a com suavidade até que ela levantasse o olhar cansado para ele.

— Por quê?

— Porque você está nua e nós não queremos escandalizar a sua criada no início da manhã.

Seria um escândalo quase tão grande como alguém

descobrir que ele, Richard Ackerley, o Nono Duque de Wanthrop, passara a noite nos braços da futura esposa. Teria que pensar em um pretexto aceitável para antecipar o casamento depois de levar à desonra uma dama respeitável porque não conseguira pôr fim a um beijo, tirar as mãos dela e dizer não ao impulso de jogá-la sobre a cama, enquanto ela gemia em seu ouvido. Teria, depois que sua cabeça voltasse aos eixos, quando o cheiro dela não mais o envolvesse e quando não mais tivesse aquele par de olhos preguiçosos fixos nos seus, tentando-o a voltar para a cama e aconchegá-la mais uma vez entre os braços, antes de se fecharem novamente.

Se alguém perguntasse se ele se sentia um crápula culpado de sua torpeza, ele admitiria ser um ainda pior, por não sentir nada além de triunfo e plenitude abarrotando seu peito — bem como a urgência de encurtar aquele noivado. Talvez no dia seguinte conseguisse se preocupar com outras questões como as sedas que não demorariam a chegar em Londres e as ameaças que Fleming lhe havia feito. Tais problemas estavam longe de sua cabeça, enquanto fechava as calças e voltava a olhar para a cama, só para perceber que Lara tinha caído no sono de novo.

— Acorde, Lara — ele disse, em um tom um pouco mais grave, voltando a balançar o corpo dela, mas sem perder o carinho na voz.

A mulher voltou a abrir os olhos e sorrir para ele, saindo da cama como se tivesse tomado consciência de que deveria fazer aquilo, mas quase fazendo Richard desistir de ir embora por poder ver o corpo dela completamente nu, iluminado pelos últimos raios de luar, enquanto ela vestia a longa camisola de dormir.

Não havia uma gota de arrependimento em Lara. Não por entregar a Richard o que era dele, tendo certeza de que nada faria com que ele faltasse com seu compromisso para com ela. Sentia-se tão relaxada que dormir era a única coisa que queria, enroscando o corpo ao dele e sentindo seu cheiro nas cobertas. Tinha que dar ouvidos à razão que se fazia presente na voz dele. A criada ficaria louca se, com o nascer do sol e o início de um novo dia, a encontrasse despida sob os lençóis e teria um colapso se, além de despida, encontrasse o Duque ou qualquer sinal de sua presença ali. Então, suspirou, ajustando a camisola ao corpo sem muito esmero, e sorrindo ao perceber que Richard não tirara os olhos dela nem por um segundo.

— Você é linda.

Lara enrubesceu por todas as vezes nas quais achou seu corpo grande demais. Pelas vezes que se sentiu inadequada perto das pequenas damas da sociedade. Por Richard ter acendido nela uma chama que não sabia que existia e por tê-la feito sentir-se não apenas bela, mas amada. Deixou que ele tocasse sua cintura e não hesitou em caminhar até ele, levantando o rosto para ser presenteada com um beijo suave.

— Irei vê-lo ainda hoje? — ela perguntou, um pouco insegura, fazendo-o sorrir enquanto acariciava a cintura dela.

— Sim, mesmo que eu tenha que escalar esta maldita sebe para isso.

O tom mal-humorado, enquanto ele apertava ainda mais sua cintura, a fez sorrir antes de acariciar o rosto dele.

— Pois eu gostaria que subisse.

— Desse jeito você abala a minha pouca vontade de voltar a descer — ele disse, antes de voltar a beijá-la, mas, daquela vez, ainda que contra vontade, ele a soltou e desceu a sebe do modo mais silencioso que pôde.

Sequer sentiu vontade de xingar o mundo quando, no final da descida, perdeu o equilíbrio e caiu de mau jeito no chão e até cantarolou no caminho entre a casa da noiva e a quadra onde amarrara seu cavalo. Voltou para casa admirando o nascer do sol, sendo o cavalo Balthazar o único a saber da aventura da noite de seu dono.

Era notável o estado de bom humor no qual Richard se encontrava. Lucretia não o poupou de comentários mordazes que foram respondidos com uma leveza tão estranha que a fez desistir de entendê-lo, o que declarou em alto e bom som antes de levantar-se e deixá-lo sozinho no meio do café da manhã.

Fora de casa, o primeiro a ter prova de que as coisas voltaram ao normal havia sido Brandon. Não se oporia a perdoar o amigo por seus modos rudes, desde que naquela mesma tarde pudessem jogar uma boa partida de xadrez ou *whist* no clube de cavalheiros. O convite foi aceito sem maiores contratempos, apesar de que, ao contrário do que manda a boa educação, Richard não chegou ao clube na hora marcada, posto que ficou preso no escritório devido a pequenos problemas em um contrato para o qual ele não dera a devida atenção.

A manhã e a tarde atribuladas não o impediram de mandar uma pequena nota destinada à senhora Hale, convidando ela e a sobrinha para jantarem em sua casa — convite este que fez Lucretia ralhar com ele por não ter lhe avisado antes que teriam convidados para a noite, ainda que fosse perceptível a alegria na expressão da mulher, que não demorou a correr para Rosamund de modo a acertar os detalhes do evento e fazer seus pequenos comentários satisfeitos por tudo parecer bem.

Naquele curto espaço de tempo entre a reconciliação dos dois e a chegada da carga de seda em Londres, o mundo parecia um paraíso para Richard e Lara.

Fleming dava mostras de ter esquecido da existência do Duque e de sua noiva e nenhum deles sentia-se mal por isso. Sua ausência dos círculos sociais aos quais frequentavam não foi nem um pouco lamentada. Lara, na verdade, sentia-se leve como nunca na vida. Cada dia era como um passo para um dia ainda melhor, e à noite sonhava com Richard tocando seu corpo e beijando seus lábios, como se fosse ela a mais bela das criações divinas, fazendo-a acordar com um sorriso tolo nos lábios.

O torpor da reconciliação quase foi quebrado, entretanto, quando a carga de sedas chegou ao porto.

Apesar de o Little Mindy já ter aportado, O'Nell esperava junto ao Grand Queen por instruções. Richard e Lara receberam uma nota de Hammer quase ao mesmo tempo. Ainda que os assuntos no escritório merecessem sua atenção, aquilo era importante o suficiente para fazê-lo sair de lá sem dar muitas explicações ao seu administrador. Quando chegou à casa de Lara, ela já o esperava, e, por sorte, a Sra. Hale não estava, dando aos dois a possibilidade de ficarem sozinhos no escritório.

— Eu cuidarei de tudo sozinho. Amanhã à noite será o baile dos Musgroove e o momento ideal para descarregar as sedas — foi a primeira coisa que ele falou, assim que a porta do escritório se fechou atrás de si, fazendo com que Lara bufasse, enquanto cruzava os braços sobre os seios.

— É o meu negócio, Richard. Eu tenho que finalizá-lo e terminar de pagar os credores do meu tio.

— Não, você não tem — ele disse, irredutível, se aproximando dela com passos de um felino. Não era a falta de um sorriso que o fazia menos sedutor. Lara, entretanto, não se deixou ser seduzida. Deu um suave passo para trás, mantendo a expressão de teimosia no rosto, enquanto o encarava.

— Eu tenho. Não comecei com tudo isso para desistir no final.

Sabia que o estava impacientando, mas não daria o braço a torcer, não enquanto ele a olhava com uma carranca longe demais, mas ainda perto o suficiente para lhe causar um arrepio.

— Você não vai. Assim que as sedas estiverem no armazém, eu falarei com Hammer e nós dois nos responsabilizaremos por todas as pendências deixadas por seu tio. Darei o dinheiro para que ele pague os credores, mas eu não quero que você ponha os pés naquele porto nunca mais.

— Mas é minha responsabilidade!

— Sua responsabilidade, minha cara — quando falou isso, ele a puxou para si, colando os dois corpos ainda com uma expressão carrancuda, mas desta vez por não conseguir conter-se nem mesmo quando discutiam —, é ficar linda para o baile de amanhã e terminar o mais rápido possível seu enxoval.

Lara não quis sorrir, mas o fez quando seus braços buscaram apoio nos ombros dele e os dedos tocaram a fina faixa de pele entre os cabelos bem aparados e a gola da camisa, o que arrancou um sorriso a contragosto da carranca de Richard.

— Consegui antecipar nossa data. Você será minha Duquesa daqui exato um mês. Não a quero preocupada com qualquer assunto que não se refira a isso. Vá discutir rendas com a minha mãe, tome chá com Rosamund e Miss Murray. Seja uma boa mulher, obediente e cordata.

Lara riu, balançando negativamente a cabeça.

— Tem mesmo alguma esperança de que serei uma mulher obediente e cordata?

— Espero que não, mas estaria falhando com meu papel se não dissesse que você deveria ser.

Richard apenas tocou os lábios nos dela, trazendo um sorriso aos olhos dos dois enquanto se encaravam.

— Pois desta vez, Excelência, farei sua vontade, mas não ouse se acostumar com isso.

— Jamais ousaria.

Daquela vez, a calou com um beijo de verdade, selando em Lara o desejo de, pelo menos naquele dia, fazer-lhe a vontade.

O combinado para o baile foi que Richard iria buscá-la em casa. A dama de companhia de Lara naquela noite seria Rosamund, posto que a pobre Betsy não acordara sentindo-se muito bem e tia Margaret mostrara-se bastante satisfeita em ver aquele problema resolvido sem envolver a presença dela em um baile. Richard a buscou na hora marcada e Lara abriu um sorriso largo tão logo sentou-se ao lado dele na carruagem fechada, frente a frente com Rosamund.

— Está linda, senhorita Hale — a morena comentou com sinceridade, admirando o vestido de um delicado tom de verde e um decote contido que ressaltava a cor da pele e os cachos dourados que emolduravam o rosto de Lara.

— Você também me parece ótima, Rosamund, apesar de que posso imaginar que a Duquesa viúva tenha insistido para que usasse algo mais vistoso.

O comentário da amiga a fez rir, enquanto meneou a cabeça em um suave gesto de concordância. Os cabelos de Rosamund, como habitual, estavam presos em um coque austero e o vestido era de um tom creme que não a desfavorecia, mas que também não chamava atenção para o rosto jovem. Não havia nenhum detalhe, renda ou corte que tornasse o vestido mais vistoso. Rosamund mais se parecia com uma criada, ainda que o tecido que a cobrisse fosse nobre.

— Um pouco mais do que possa imaginar, senhorita.

Richard escutava a troca de cortesias entre as duas com a expressão séria, mas ainda assim sentia prazer pelo fato de elas se entenderem tão bem. A conversa seguiu leve até que a carruagem parasse na frente da grande construção que era a mansão dos Musgroove. Tiveram que esperar um considerável tempo até poderem descer da carruagem, já que a entrada da casa estava lotada. Os três foram apresentados como devido e, por mais que Lara tentasse manter-se perto dos dois, não demorou mais do que um quarto de hora para que Rosamund sumisse e Richard lhe fosse roubado pelas conversas masculinas.

Foi fácil para Lara achar com quem conversar, tratando de distrair-se sem dificuldade, mas foi só ver o sorriso presunçoso que Fleming lhe lançou do outro lado da sala que estremeceu. Lembrou-se do que Richard lhe havia dito sobre as sedas, que estariam sendo retiradas do navio naquela noite. O que mais angustiou Lara foi não encontrar imediatamente Richard com o olhar, sem poder sair à sua procura, posto que ofenderia a Marquesa com quem conversava.

Richard precisava admitir que aqueles bailes detestáveis ficaram um pouco menos enfadonhos depois que assumira seu noivado. Não mais havia uma fila de matriarcas casamenteiras correndo atrás dele com suas patinhas casadoiras ao lado, prontas para serem empurradas nos seus braços. Podia dedicar-se às conversas masculinas e, quando delas se enfadava, simplesmente buscar os braços de sua noiva para uma valsa.

Naquela noite foram seus pares quem o entretiveram, por mais que ele tivesse passado toda a noite procurando uma oportunidade para que pudesse afastar-se com Brandon de forma discreta até a biblioteca.

— Eu espero que você tenha um bom motivo para ter interrompido meu flerte com Miss Elliot — Brandon comentou com um sorriso jocoso, sentando-se em uma poltrona perto da lareira acesa, sem deixar de encarar Richard, que permanecia de pé.

— Serei breve. Hoje, à meia-noite, o Grand Queen

irá aportar e descarregar as sedas. Acertei tudo com Hammer, mas quero você esteja comigo nas docas, já que por sua influência fiz negócio com o homem.

Brandon não pôde evitar a risada, balançando de leve a cabeça sem olhar para Richard, mas para a porta entreaberta da biblioteca.

— Considere feito, meu amigo — disse, antes de levantar-se do mesmo modo abrupto que se sentara.

— Agora, me deixe buscar uma bebida, enquanto você tira sua noiva para uma dança.

Bateu no ombro dele como um marinheiro faria com seu companheiro, antes de sair da biblioteca como um pavão bufante, pronto para distribuir seu orgulho com quem quer que estivesse por perto. Richard ainda esperou alguns minutos antes de sair da biblioteca, desviando o olhar de Fleming, tão logo os dois quase se cruzaram em um corredor próximo.

Lara aproveitava a festa do melhor modo que uma dama poderia fazer. Os biscoitos estavam deliciosos e, naquela noite, Eris estava mais bem-humorada do que o habitual. Richard dividiu com ela uma dança há pouco e, quando ele voltou para seus assuntos masculinos, ela tratou de voltar para as companhias femininas. Não esperava que uma assustada Rosamund se aproximasse antes mesmo que pudesse terminar sua bebida, com os olhos azuis arregalados como um animalzinho assustado.

— O que houve? Você sumiu durante toda a noite, Rosamund, e não espere que eu a perdoe facilmente por isso.

— Eu preciso falar com você. Estava na biblioteca e ouvi algo… — ela disse em um tom urgente, que fez com que Lara perdesse o sorriso. — Mas não pode ser aqui.

Rosamund a segurou discreta e delicadamente pelo

braço, levando-a para o foyer. Não havia uma viv´alma ali, já que a festa se concentrava no salão e há muito os convidados já haviam parado de chegar; ainda assim, Rosamund olhou mais de uma vez para os lados antes de começar a falar em um sussurro assustado.

— Eu estava na biblioteca e me escondi quando escutei alguém chegar. Eram Richard e Lorde Lilburn. Falavam de uma carga que estaria no porto e Richard pediu para que o outro o acompanhasse. Os dois saíram e, antes que eu pudesse sair do meu esconderijo, outras duas pessoas entraram na biblioteca.

Rosamund estava ofegante e Lara sabia que, onde quer que aquela conversa fosse acabar, ela não gostaria.

— Era Mr. Fleming e a outra voz eu não reconheci. Richard e ele tiveram uma briga enquanto vocês estavam separados, e ele falou em vingança... — A voz de Rosamund tremeu mais uma vez, e, àquela altura, Lara já se continha para não a segurar pelos ombros e sacudi-la de modo que ela falasse mais rápido. — Planejaram uma emboscada nas docas e eu não sei o que fazer. Fleming estará lá, e ele disse que levaria um outro homem. Eu procurei Richard para falar-lhe, mas não o encontrei.

Lara sentiu-se empalidecer, mas não poderia dar-se ao luxo de desesperar-se. Contar para Richard seria uma péssima ideia. Ele era capaz de esquecer-se da etiqueta mais uma vez, o que poderia levar a consequências ainda mais desagradáveis em um ambiente público. Lucretia ficaria alegre em saber que Lara já estava pensando em modos de preservar o bom nome da família, mas era fato que ninguém precisava de nenhum escândalo com verdades inconvenientes sendo jogadas ao vento.

Antes que Lara pudesse pensar em uma solução para o problema, o burburinho do grande salão chamou a atenção das duas amigas, que voltaram para ele para ver Richard e Fleming, ao que parecia, num diálogo pouco educado.

— O senhor disse-me em alto e bom som que não havia mais uma noiva, supus que tal fato se tenha dado pelos envolvimentos escusos da dama em questão.

Richard tinha o rosto rubro de raiva, enquanto Brandon, como se previsse uma reação impensada do amigo, o segurava pelo ombro com força o suficiente para puxá-lo para longe do outro caso fosse necessário. Aquele homenzinho petulante não cansava nunca, foi o que Lara pensou, buscando abrir caminho entre os rostos espantados que puderam vê-la dançar com Richard mais cedo, bem como os dois chegarem na mesma carruagem.

— Acredito que a dama em questão sou eu, e gostaria de saber de que tipo de relações escusas falsamente me acusam para que meu noivo fique tão irritado.

Lara tinha vontade de rir ao reunir toda sua coragem para falar em um tom ríspido, fazendo Richard virar-se para ela, indicando com o olhar que ela deveria manter-se longe daquela confusão.

— Como se a senhorita não estivesse mais ciente do que todos aqui presentes de seus passeios pelas docas. Escondida como uma ratinha, sabe-se Deus lidando com que tipo de prostitutas.

Lara não viu quando o aperto de Brandon no braço de Richard tornou-se mais forte, mas ainda assim não foi capaz de conter o punho que, pela segunda vez, acertou o rosto de Fleming. Não teve bom jeito, mas contou com força o suficiente para fazê-lo dar dois passos para trás. Os cochichos ficaram mais altos enquanto Fleming levava o lenço ao rosto e Lara, Rosamund e Lucretia ajudavam a manter Richard a uma distância segura do outro.

— Eu não aceitaria que qualquer dama fosse ofendida na minha frente por um canalha inescrupuloso, por isso sinta-se sortudo por suas palavras contra minha noiva não terem consequências mais graves.

A festa havia acabado naquele instante para os três, e coube a Lucretia desculpar-se pelas ações do filho. Não achava que ele estivesse errado, alguém tinha que manter o mínimo das aparências, enquanto o pequeno grupo esperava a carruagem para lhes levar de volta para casa. Lara conseguiu trocar três ou quatro palavras com Rosamund antes que Richard a tomasse pelo braço, como se estivesse levando dali sua propriedade, mas não se ofendeu pela momentânea falta de delicadeza.

Aproveitou-se para segurar o braço de Richard com mais força do que era necessário, como se daquele modo pudesse quebrar a resistência que se impusera nos músculos dele. Era um homem impaciente e irritado, mas não deixou de auxiliar as três damas a subirem na carruagem antes de sentar-se de frente para a noiva, ao lado da mãe. As três sabiam ser melhor manterem-se caladas até que ele estivesse mais calmo, ainda que fosse visível a impaciência em Lara ao fazê-lo que só aumentava à medida que se aproximavam da casa dela.

Rosamund teve o cuidado de assentir discretamente para a amiga somente depois que Richard desceu da carruagem, postando-se na frente da porta para ajudar Lara a descer e acompanhá-la até a entrada de sua residência. O silêncio entre os dois se prolongou até que a porta fosse aberta e Lara já estivesse sob o umbral dela, olhando para o rosto de seu noivo parcamente iluminado.

— Peço desculpas pela cena de hoje. Não se repetirá.

Richard não tinha nenhuma intenção de parecer um bruto insensato, mas a reação fugia de seu controle quando aquele homem ousara falar de sua noiva.

— Você não deve me pedir desculpas. Defendeu-me.

Ele queria não ter que defendê-la de nada, ainda que se sentisse pronto para enfrentar o mundo caso fosse necessário.

— Gostaria de te pedir algo. — Como Richard acenou positivamente, ela continuou: — Não quero que vá as docas hoje. Deixe que Hammer cuide de tudo.

Lara só percebera que a expressão de Richard havia ficado mais suave quando ela novamente se transfigurou em uma carranca.

— Eu disse que não mais deveria se envolver neste assunto, Lara. Seu pedido está fora de questão — avisou, quase que com um rosnado, fazendo com que Lara suspirasse.

Era uma pena que ela não pudesse beijá-lo antes que ele se afastasse com um cumprimento demasiado rígido, ou mesmo dizer-lhe que, naquele caso, também estava fora de questão o pedido dele para que ela não se envolvesse naquele assunto.

Capítulo 19

O maior defeito dos homens sempre será o orgulho. Não obstante o que todos falem sobre a preguiça ser a mãe de todos os pecados, o orgulho sempre será o mais perigoso de todos eles. Era orgulho, bem como um pouco de presunção, que havia no sorriso de Richard naquela noite. Não porque seu começo fora bom ou o baile se mostrara agradável, mas pelos rolos de seda ocuparem boa parte do galpão.

Três cortes foram separados antes mesmo do desembarque e já estavam na carruagem que o levaria para casa — sua mãe jamais o perdoaria se Richard não separasse algo para ela e Rosamund. Lara entrara na conta porque não poderia estar fora dela. Brandon — que naquele momento fiscalizava com atenção o descarregamento e transporte das sedas até o galpão — estava certo ao dizer que o amigo se tornara um tolo apaixonado. Não que o Duque fosse sair por toda *Grosvenor Square* espalhando aquele tipo de verdade, mas não o impedia de sentir o coração mais quente quando pensava em sua noiva.

Foi o orgulho de pensar tudo estar sob controle que o fez levar mais tempo do que o aceitável para perceber o burburinho no final do galpão. Quando este chamou sua atenção, Richard foi o suficiente confiante para, com a mão sobre a pistola escondida em seu quadril, se aproximar de sua fonte.

— O que diabos está acontecendo? — Richard perguntou alto, olhando ao redor na tentativa de localizar qualquer coisa estranha, até sentir a pancada forte nas costelas antes de ser agarrado pelo pescoço.

Quis recuperar o fôlego antes de sacar a arma contra seu agressor, mas a visão de dois pares de olhos conhecidos por detrás das caixas o fez manter a pistola onde estava. Os rostos de Lara e Rosamund procuravam se esconder, mas o encaravam aflitos a poucos metros de distância, encobertos por um monte de caixotes velhos.

Recuperou a voz e deu um urro alto, enquanto acertava seu oponente com uma cotovelada na altura do estômago, infelizmente não forte o suficiente para fazer com que o homem o largasse. A partir daí, teve início uma enorme reação em cadeia, não prevista nos planos para a noite.

As portas dos fundos do armazém foram bloqueadas por dois homens que faziam a descarga das sedas, e estes não demoraram a se engalfinhar com uma dupla que surgira das sombras. O homem que o emboscara não estava sozinho, mas quando os outros quatro apareceram, os três que carregavam a seda, bem como Brandon, sacaram suas respectivas pistolas. Não eram aqueles homens que Richard queria, mas sim quem os havia mandado. Sua mente, entretanto, ainda estava distraída pela imagem das duas mulheres escondidas atrás dos caixotes, e pelo medo de que algo acontecesse a elas se algum tiro fosse disparado.

— Nenhum tiro — ele gritou, um segundo antes de sentir o cano da arma em sua testa, enquanto o apertão em seu pescoço aumentava de intensidade. Richard foi bruscamente virado de frente para a entrada do galpão, podendo encarar o amigo e os agentes da The MET, a Polícia Metropolitana de Londres, que, disfarçados, ajudaram a transportar a seda durante a noite, apenas esperando por aquele momento. O que frustrava Richard era o fato de que uma desatenção poderia pôr tudo a perder.

— Acredite, Excelência, seus miolos ainda não estão estourados no chão porque eu fui pago para entregá-lo bem vivo — o homem que o segurava disse com um sorriso.

Naquela confusão, eram poucos os homens que Richard não conhecia como seus, mas o fato de estarem em maioria e melhor armados não significava que havia alguma vantagem. Richard tinha uma arma apontada para sua cabeça, e não ousava autorizar qualquer tiro sem ter certeza de que Lara e Rosamund estavam longe dali.

Seus algozes não planejaram uma resistência como aquela. Não deveria haver agentes armados, ou qualquer coisa além de um desprotegido Duque pronto para cair em uma armadilha. A mudança de cenário fazia com que eles parecessem desorganizados e assustados, enquanto tentavam escapar das miras dos revólveres e das algemas dos agentes da MET. Dois outros agentes entraram no galpão pela porta de trás, fazendo que armas fossem seguradas com mais força, assim como alguns fôlegos.

— Nós pegamos outros três lá fora. Estamos verificando os outros galpões.

Era uma situação desequilibrada, mas não havia quem ousasse mover um dedo enquanto uma arma estivesse apontada para a cabeça do Duque.

— Quem mandou vocês? — Richard perguntou, transformando a falsa calma em aspereza na voz.

Nem Brandon nem os agentes da MET tinham as mulheres em seu campo de visão. O maior temor do

Duque era que as duas acabassem por ser descobertas pelos homens que agora o mantinham cativo.

— Eu não sou um fofoqueiro, apesar do impasse que temos aqui.

Richard sabia qual era o impasse. Ele havia se transformado em um escudo. Seus homens não podiam atirar, pois corriam o risco de feri-lo. Se o homem que o segurava atirasse nele, nada impediria que o tiroteio começasse. Apesar da própria vaidade, a maior preocupação de Richard naquele momento era com as duas cabeças de vento que sumiram por detrás das caixas. Fazia uma prece silenciosa para que elas saíssem dali antes que ele pudesse pôr as mãos nos pescoços das duas.

Não é como se Richard não soubesse o que Fleming planejava desde a primeira vez que dissera que Lara deveria manter-se fora daquele assunto. Brandon tinha ouvidos mais que suficientes para escutar o que algumas línguas frouxas fossem capazes de falar, e Hammer os contatos corretos para descobrir o que quer que acontecesse nas docas. Foi a pedido de Richard que Hammer começou a investigar quem teria roubado a carga de sedas.

As suspeitas contra Fleming viraram certezas quando, na carta que Hammer lhe enviara falando sobre a chegada da carga, o corsário também lhe narrara todo o plano de Fleming e Defoy para consegui-las. Richard não era tolo para supor que a cena na biblioteca de sua casa seria esquecida por Fleming, por isso, com a ajuda de Brandon e Hammer, montou com cuidado um plano que incriminasse Fleming para a polícia. A audácia dele em falar sobre Lara na frente de todos no salão do baile naquela noite aumentou sua vontade de levar tal plano para frente.

Os homens da MET mostraram-se mais do que dispostos em prestar aquele favor ao Duque e, naquele momento, se esforçavam para encontrar o que quer que fosse nos outros galpões. Richard não contava com a presença de duas das pessoas mais caras de sua vida naquele galpão, o impedindo de sacar a arma que tinha presa contra o corpo e virando uma presa fácil para um vigarista de quinta categoria sem que seu real alvo estivesse ali.

Enquanto a irritação do Duque crescia por não conseguir pensar em algo que o tirasse da linha de tiro, a situação mudou de modo drástico.

Pela segunda vez na noite, ele foi empurrado, mas daquela vez o encontro com o piso de terra batida foi inevitável, enquanto o aperto do outro homem desaparecia. Era ridículo que alguém em sua posição e prestígio engatinhasse pelo chão, mas foi o que Richard fez. Nem sequer teve tempo de recuperar o fôlego quando o primeiro tiro foi disparado, fazendo seu corpo estacar. Não pôde demorar a ficar de pé e buscar um abrigo, enquanto sacava a arma que durante toda a noite o acompanhara.

Um homem pequeno estava engalfinhado no chão com o pilantra que antes o segurava. Richard tinha certeza de não conhecer nenhum dos dois, mas certamente tinha algo a agradecer pelo franzino que balançou-se em uma das cordas presas nas vigas do teto e batera contra os dois, fazendo com que ele fosse libertado. Para Hammer, aquela fora uma das melhores apresentações do capitão John O'Nell. Era uma pena que tivesse que atirar em um dos homens que os atacaram antes de parabenizá-lo.

O confronto poderia ser considerado como bom até um urro de Brandon fazer com que Richard errasse por pouco seu próximo alvo e olhar para o amigo cair no chão, enquanto uma mancha vermelha se espalhava pela manga do casaco e o peito do Conde. A queda de um combatente valoroso ajudou a enfurecer os demais e, enquanto Richard e Hammer protegiam Brandon, os outros homens foram, pouco a pouco, sendo dominados pela polícia.

— Levar um tiro não é mais agradável do que uma ressaca — Brandon disse, com um sorriso pálido. Os ruídos do galpão mudavam, indicando que aos poucos a situação era controlada e os homens eram levados pela MET.

Richard se voltou para ele com uma expressão preocupada, e Hammer se ajoelhou ao seu lado, não se fazendo de rogado ao afastar as roupas de Brandon da ferida.

— Não acredito que o seja, meu caro — foi Hammer quem falou, trocando um olhar com o Duque, antes de declarar com um ar despreocupado: — A boa notícia é que a bala atravessou o braço, então, você não vai ter que se preocupar com ela.

— E a má? — Brandon perguntou com uma careta.

— Que doerá um pouco mais agora.

Antes que Brandon pudesse retrucar, Hammer rasgou as roupas que envolviam o ferimento, fazendo com que ele desse um urro de dor e ficasse ainda mais pálido. Brandon desmaiou enquanto Hammer amarrava algumas tiras do tecido sobre o ferimento. Richard observava sem demonstrar nenhuma emoção. O correto seria pedir para que um dos homens da MET os acompanhasse até em casa, ao mesmo tempo que outro deveria chamar o médico de confiança de Richard. Havia, entretanto, questões tão urgentes quanto a comodidade do amigo na cabeça de Richard, como quem era o homem que os tinha ajudado e onde estavam Lara e Rosamund.

— Você saberia dizer quem é o rapaz que pulou sobre o homem que me segurava?

— Capitão John O'Nell, Excelência. Foi o homem que trouxe sua carga para terras britânicas.

Houve um mero menear de cabeça antes que Richard se afastasse para distribuir ordens para os homens da MET, que terminavam de prender os agressores, de modo que o Conde de Warthfall fosse levado em segurança para casa. O tal capitão O'Nell ainda estava ali, o que fez com que Richard lhe estendesse a mão com cortesia.

— Acredito que te devo um favor, capitão.

— Não por isso, Excelência. Temos um amigo em comum.

O capitão parecia um rapaz franzino, e quando ele olhou para o monte de caixas onde antes Richard vira Lara e Rosamund, ficou claro quem era o amigo em comum dos dois.

— Os homens que o atacaram esta noite trabalham no Little Pearl, a mando do capitão Defoy, Excelência. Acredito que a pessoa que procura esteja a bordo do navio, bem como que não será difícil que Defoy o entregue.

— Agradeço a informação, mas se não houver como os homens da MET o levarem preso, ele pouco me interessa. Tenho uma preocupação maior, capitão, com nosso amigo em comum.

Richard queria ver Fleming punido, mas nunca foi sua ideia ter uma vingança a mãos próprias. Zelava mais do que sua reputação por não ter nenhum cadáver em seu nome nos becos da cidade. Assunto mais urgente naquele momento era que Lara e Rosamund estivessem em segurança em casa. O comentário, entretanto, trouxe um leve sorriso ao rosto do capitão.

— Vá com os seus homens, Excelência. Posso me encarregar que os amigos em questão estarão em sua carruagem.

— Você é um bom amigo, capitão.

Os dois tornaram a apertar as mãos antes de seguirem por caminhos diferentes. Brandon já havia sido levado dali quando Richard saiu do galpão levando, além de Hammer, cinco homens da MET.

Não muito longe dali, enquanto Fleming parecia animado como uma criança prestes a receber o melhor dos presentes, Defoy revirava os olhos dentro de sua própria cabine. Não dera autorização para que os homens levassem para dentro do seu navio o Duque capturado. Apesar do que aquele estúpido pensava, ele não seria tolo ao arriscar-se daquele modo. Seus homens deveriam levar o aristocrata para um afastado galpão nas docas, e não seria Defoy quem impediria Fleming de vê-lo. Se o Duque não fosse capturado, era a vez da pouca honra de Fleming pagar suas dívidas.

Foi Billy T. quem entrou na cabine do capitão e, apesar das mil perguntas de Fleming, berradas como se ele tivesse algum direito de estar ali, ele se aproximou de seu chefe sem pressa, falando baixo ao pé de sua orelha o que um dos homens que conseguira escapar da emboscada dissera sobre a operação fracassada. A expressão de Defoy não mudou, e, quando Billy T. se afastou, outros dois homens entraram na cabine à espera de ordens.

— Levem esse verme daqui. Lembrem-se de tirar dele tudo o que tiver de valor antes de jogá-lo — disse, em tom casual, fazendo Fleming arregalar os olhos. Sabia que tinha falhado. Ia morrer, e mesmo que o corpo fosse pesado demais, tentou correr. Uma pena que os homens de Defoy fossem mais rápidos, assim como o tiro que o acertou pelas costas. Aquela seria só mais uma mancha no piso enegrecido do Little Pearl.

Capítulo 20

Richard deixou que os homens da MET continuassem com seu trabalho e voltou escoltado para a sua própria carruagem, que ficara perto da entrada das docas. Não foi uma surpresa ver dois capuzes encolhidos em um dos cantos quando entrou. Mal teve tempo de fechar a porta antes que eles se jogassem sobre si. Lara e Rosamund sabiam que Richard não estaria com o melhor dos ânimos para as duas, mas seria uma provação grande demais para ambas não o abraçar.

— Você sabia sobre o que Fleming estava tramando! — Lara o acusou, ainda nervosa, enquanto Richard afastava as duas com cuidado, antes de dar o sinal para a carruagem começar a andar.

— Não costumo me colocar em perigo sem motivos, senhorita Hale — disse sem afastar nenhuma das duas da proteção de seus braços. — A minha dúvida é como vocês duas descobriram tudo e o que diabos esperavam fazer em um armazém no meio das docas. Eu disse para você não mais preocupar-se com esse assunto e, deliberadamente, você não só me desobedeceu como trouxe Rosamund com você!

Ele estava irritado e as duas mulheres sabiam, mesmo que tivesse demorado para soltá-las do abraço. O Duque também não era de ferro. Por mais que soubesse ter que repreendê-las pelo ato impensado, o coração ainda o traía pelo medo que sentira de que uma das duas se machucasse. O tom agudo soado pela voz de Rosamund também demonstrava o nervosismo dela.

— Eu estava na biblioteca e escutei você falar com Brandon, depois Fleming entrou com um outro homem e eu não sabia o que fazer.

O nervosismo dela não foi o suficiente para demovê-lo da intenção de repreendê-las. Richard limitou-se a encarar as duas por alguns minutos, aliviado que aquelas cabeças de vento estivessem bem, enquanto a fúria começava a tomar seu lugar. Rosamund já devia ter perdido aquela feia mania de escutar por detrás das portas, mas não podia deixar de levar em consideração o fato de que as duas só quisessem protegê-lo, e, de certo modo, o fizeram ao se fazerem acompanhar do tal capitão O'Nell.

— Conversaremos sobre isso em casa.

As duas sabiam que a ideia dele não era conversar, mas mantiveram-se quietas pelo resto do caminho.

Para Richard, foi ainda pior abrir a porta e dar-se de cara com a figura preocupada da mãe, que olhou para os três que acabavam de entrar com um misto de apreensão e surpresa.

— Eu estava prestes a acordar toda a criadagem para ir em busca de vocês dois. Onde já se viu, estar fora de casa em uma hora tão tardia? E por todos os santos, o que pensam em tirar a senhorita Hale de casa a essas horas? O que raios vocês estão aprontando?

Apesar da pergunta, Lucretia não se calou nem por

um segundo, desatando uma tagarelice sobre moral, bons costumes e perigo, sem saber que o risco maior que correra naquela noite fora o de perder os três, e não que eles caíssem nas fofocas da Duquesa de Norfolk. O discurso da mãe só serviu para reavivar a irritação de Richard, que a interrompeu de modo brusco.

— Cale-se, minha mãe, antes que eu perca o pouco da paciência que me resta com a senhora.

Não foi um modo respeitoso de lidar com a mulher que o pusera no mundo, mas algo na voz e na expressão do filho fez com que Lucretia cumprisse sua ordem, enquanto segurava consternada as fitas do pesado penhoar que trazia sobre o corpo.

— As três, no meu escritório — Richard disse, no mesmo tom de voz, tornando-se o líder daquela curta comitiva.

Foi Rosamund quem acendeu as velas ainda apagadas, guiada pelo fraco brilho que ainda vinha da lareira, mas não demorou a ficar ao lado de Lara e Lucretia, esperando pelo que o Duque diria.

— Primeiramente a senhora. Eu não quero uma única pergunta sobre isso. Nada. A senhora não será informada sobre nenhum dos acontecimentos desta noite e também não irá perguntar sobre o que aconteceu.

O que espantou Lucretia foi o tom de pura fúria usado pelo filho. O rosto estava vermelho e as veias de sua testa e pescoço saltavam. O fato de não pretender seguir a ordem dada não a impedia de perceber que aquele não era o momento certo para contrariá-lo.

— Eu quero que a senhora saia agora deste escritório, feche a porta e vá para os seus aposentos.

Novamente a Duquesa viúva não pensou em retorquir. Apenas curvou levemente a cabeça antes de retirar-se, fazendo questão de fechar a porta do exato modo que ele mandou. Antes mesmo de o café da manhã ficar pronto, quando o sol nascesse, Rosamund lhe explicaria tudo o que acontecera naquela noite, mas não estava em seus planos irritar ainda mais o filho. Quando Richard voltou-se para Lara e Rosamund, não parecia mais calmo ou controlado depois da primeira explosão. Na verdade, ele parecia ainda mais indignado, a voz baixando em dois tons e o olhar ficando ainda mais perigoso.

— Eu não quero explicações sobre o que levou duas mulheres sozinhas, desprotegidas, a entrarem em contato com um pirata e invadirem um armazém nas docas. Vocês têm a mínima ideia do perigo que correram? Até mesmo a minha mãe concordaria que vocês perderam qualquer noção de bom senso e sanidade.

Lara pensou em retorquir. Nenhuma das duas merecia escutar uma bronca quando, na verdade, estavam apenas tentando protegê-lo. Antes que abrisse a boca, Rosamund agarrou-a pelo braço, em um claro sinal de que deveria calar-se e escutar. Aquilo a indignou, mas resolveu manter a língua entre os dentes, ainda que não concordasse com nenhuma das palavras que ele bradava, prestando atenção apenas no suficiente para contradizê-lo. Nenhuma das duas tinha como adivinhar que ele tinha a situação sob controle quando Rosamund escutou os planos de Fleming, nem admitiam a possibilidade de perdê-lo em uma emboscada. Não teria custado muito a ele um agradecimento.

— Rosamund, vá para os seus aposentos e pense bastante sobre as suas atitudes nesta noite. Nada de comentários com qualquer pessoa. Seja ela minha mãe ou os outros empregados. Eu preciso falar a sós com a senhorita Hale.

Assim como Lucretia, ela saiu com um leve menear de cabeça, mas seu último olhar foi para Lara. *"Não adianta discutir agora"* — ela dizia em silêncio. *"Espere esse cabeça-dura voltar a ser racional antes de tentar um diálogo"*. Lara, contudo, mantivera-se calada por tempo demais, e bastou que Rosamund fechasse a porta atrás de si para que ela começasse.

— Eu não tenho aposentos aqui, logo você não pode me mandar para eles enquanto eu reflito acerca da minha conduta desidiosa.

Richard rosnou ante o deboche do qual ela se utilizava apenas para irritá-lo — sabendo que ela assim o faria. Sua noiva já havia se calado por tempo demais para os seus padrões. Contra todas as expectativas ele a puxou com força contra si e a beijou. A raiva era evidente ante a pressão que ele exercia para subjugá-la, a prendendo o mais perto possível de si. Lara queria indignar-se, afastar-se e não aceitar aquele beijo, mas na verdade deixou as mãos deslizarem pelas costas de Richard, sem acariciá-lo, enterrando os dedos em suas vestes, já longe do habitual preparo.

— Você, mulher, um dia, me deixará completamente maluco — ele disse no espaço de uma curta separação, antes de voltar a beijá-la, mas, desta vez, com mais delicadeza, ainda que ela continuasse presa contra seu corpo de modo firme.

— Você, provavelmente, não me teria qualquer apreço se eu não o fizesse.

— Provavelmente, eu não a amaria se assim não o fosse.

Lara sorriu antes de uma pequena lágrima brilhar no canto do seu olho, mas esta ela não deixaria Richard ver, já que o puxou para um novo beijo. Aquele era um bom homem. Bastante irritadiço e, por muitas vezes, excessivamente duro, mas era bom. Ela talvez também não o amasse se qualquer uma das características tão próprias a ele não estivesse ali.

Os beijos trocados, ainda que tivessem desarmado em parte a cólera do Duque, não impediram o longo sermão que se deu depois deles. Foi a consciência de que a aurora não tardaria que o fez, mais uma vez, entrar na carruagem, mas para acompanhá-la até sua casa.

Richard não precisava ser informado que, no chá da tarde seguinte, as três estariam reunidas e que desafiariam quase todas as regras que ele impusera. Lucretia seria informada de quase todos os acontecidos da noite passada e estes seriam longamente discutidos. O que os olhos não viam, porém, o coração não sentia, e ele precisava manter a sanidade, pelo menos, até o próprio casamento. Por isso, saiu de casa cedo da manhã e voltou apenas próximo à hora do jantar.

Claro que tivera que reconciliar-se com a mãe. Das três, seria ela a que guardaria eternos rancores se ele não o fizesse. O corte de seda que lhe foi entregue logo após a refeição foi fundamental para o perdão dado com tanta cortesia, mesmo sem ele ter pedido com palavras. O fato de a curiosidade dela ter sido aplacada mais cedo também, mas isto não seria ela a falar, enquanto fazia planos junto a Rosamund sobre os novos vestidos das duas.

Dois dias depois do episódio das docas, o corpo de Fleming fora encontrado nas margens do Tâmisa. Foi Lara quem lhe mandou um bilhete ainda durante o café da manhã, alertando-o sobre a nota de falecimento divulgada no jornal. A causa da morte não foi dita, e, junto com o corpo enterrado às pressas pelos familiares, Lara e Richard enterraram aquele assunto entre eles, que não foi tocado mesmo quando Richard foi chamado pela MET para prestar esclarecimentos — que em nada ajudaram para resolver aquele crime. O último pensamento de Richard quanto àquele assunto foi sentir-se feliz quando a recém-viúva anunciou para a sociedade que uma prima a convidou para guardar seu luto em Bath, sem que ninguém soubesse que o Duque, por culpa ou caridade, fizera tal sugestão ao marido desta prima, que, por sorte, não se mostrou desagradado quanto à ideia.

Fleming não era um bom homem, mas nem mesmo o pior deles merecia um destino cruel. Richard poderia ter pedido que Hammer investigasse as reais causas da morte, mas não se viu tentado a tal. Seus assuntos com o contrabandista se limitaram a regularizar as contas deixadas por William Hale.

Teria sido impossível manter Lara longe dos negócios do tio, se não fosse a astúcia de Hammer em enviar para ela uma detalhada prestação de contas, que não informava ter sido Richard quem comprara o velho navio de Tom Hart, muito menos que este lhe fora entregue em agradecimento pelos cuidados para com sua noiva. Lara ficaria ciente da pequena transação entre os dois depois de tornar-se Duquesa, quando Richard pudesse contornar sua fingida indignação nos aposentos que dividiriam. Ele sabia que teria um longo caminho para convencê-la de que as questões dela concerniam aos dois, assim como ela teria igual trabalho em convencê-lo de que eram uma dupla.

Quanto ao casamento, este não fora antecipado pela segunda vez para que o padrinho de Richard tivesse tempo de recuperar o braço baleado. Lucretia também teria feito com que o filho perdesse todos os cabelos que possuía com as reclamações de que ela não teria tempo para organizar bodas apropriadas para um Duque, que já eram constantes desde a primeira antecipação à data.

Ainda que a ferida no braço tivesse se mostrado de pouca gravidade, Brandon fez sérias ameaças ao amigo no sentido de que, se ele morresse, seria Richard o responsável pela criação do seu filho. Uma semana depois do ocorrido, estava o Conde confortavelmente instalado em uma poltrona da própria residência, com uma taça de licor de cassis na mão e um sorriso no rosto ante a visita do amigo.

— Está completamente certo de que vai fazer isso, meu amigo? Abdicar de todas as mulheres do mundo por apenas uma parece-me um despautério sem tamanho — Brandon perguntou com bom humor. Não que tivesse alguma esperança ou mesmo vontade de dissuadir Richard daquele casamento, mas não gostava de perder uma boa chance de irritá-lo com o assunto.

— Eu só preciso desta para ser feliz, meu caro.

Brandon riu, balançando a cabeça negativamente, sem se incomodar com a leve fisgada no braço. Seu amigo estava perdido, e, não pela primeira vez, Richard confirmou o quanto isso era bom quando Brandon o disse em voz alta.

Epílogo

O quadro precisava ser melhor espanado. Foi a primeira coisa que Lucretia percebeu ao fitar o enorme retrato de sua família, ainda em posição de destaque no salão. Só depois se deixou encarar o semblante rígido de Winston na pintura. Lembrava-se com perfeição da irritação do marido em passar horas na mesma posição, de modo que o pintor lhe pudesse capturar a imagem. O então Duque não dava a si mesmo o direito de reclamar em voz alta na frente de um maldito estranho. Não quando sequer o fazia em frente ao próprio herdeiro. Esperava a sessão de pintura acabar, as crianças serem dispensadas e trancar-se nos próprios aposentos junto à esposa para soltar todo tipo de impropérios contra o desconforto que sentia.

A viuvez tinha incontáveis vantagens frente à solteirice e ao casamento. Não havia dúvidas de que a possibilidade de reger a si sem ter de seguir aos desatinos de um homem, seu pai ou marido, fosse mais aprazível do que qualquer uma de suas situações anteriores, como filha ou esposa. Richard bem tentara, mas fora tão capaz de lhe pôr freios como ela fora capaz de impedi-lo de subir em árvores quando o atual Duque ainda era um menino. Ainda assim, sentia o peito arder de saudade sempre que se permitia pensar no marido.

Winston tivera inúmeros defeitos. Era rabugento por natureza, terrivelmente taciturno e amava em demasia seus cachimbos e charutos. O pior dos defeitos do antigo Duque, porém, era fazer com que Lucretia o amasse com loucura — toda a possível para a filha de um Conde — quando era uma jovem casadoira. Com o casamento, o amor não arrefeceu. Tornou-se menos tempestuoso, mas não menos intenso.

A Lucretia da pintura não tinha cabelos brancos, nem mesmo as linhas que então lhe vincavam os olhos e os lábios. Invejava-a. Invejava seu sorriso de quem tinha a parte do mundo que lhe interessava aos seus pés. Era uma Duquesa no ápice de sua existência. Um marido que lhe fazia os gostos, um filho de perfeita saúde. O que mais poderia uma mulher querer?

A expressão de Richard na pintura era idêntica à do pai. Apesar de ter herdado dela os olhos, o nariz afilado e os cabelos negros, não havia sombra de dúvida de que aquele menino, no ápice de seus treze anos, estava sendo muito bem instruído para ocupar seu lugar de direito. Lucretia não sabia a qual santo havia ofendido para que o filho herdasse tantos defeitos do homem a quem ela tão profundamente amava, ou a qual deles tanto teria agradado para que seu menino fosse a viva imagem deste mesmo homem.

Adorava queixar-se de seu filho, mas sabia nunca haver tido real motivo para fazê-lo. Ele fora uma criança exigente, mas ela sempre tivera babás suficientes para controlar as birras infantis. Não demorou para que os tutores, por sua vez, fizessem o maravilhoso trabalho de transformar sua teimosia em determinação, seus pecados da infância em virtudes e manter seu temperamento forte, moldando-o para que não se deixasse dobrar pelas vicissitudes de sua posição.

Lucretia sabia ter feito um bom trabalho com o filho. Tornara-se um homem honrado, e graças a Deus tinha menos apreço aos cachimbos e charutos que o pai. O sorriso que a Duquesa viúva tinha nos lábios, porém, apagou-se quando desviou o olhar da expressão altiva de seu filho para a de Lauren. A menina não negava a quem tinha saído. Os cabelos loiros, os olhos cor de avelã, o nariz achatado e os lábios finos que contornavam a boca miúda. Sua menina era toda Winston na aparência. Em gênio, não poderiam haver duas criaturas mais distintas.

Desde bebê, sua Lauren era apenas sorrisos. Quase não tinha resmungos e não exigiu sequer um terço do que Richard teve para si. Ainda assim, não havia ser humano naquele lar que não fosse devotado a seus sorrisos. Poucos, se comparados aos que ela havia devotado a cada um deles.

— Eu sinto muita falta deles.

— Você tem um péssimo hábito de ser sentimental, Rosamund.

Não havia percebido quando Rosamund se aproximou dela, mas conhecia bem os olhos de saudade que ela devotava àquela pintura. Era uma pena que, na época que o quadro foi pintado, Rosamund ainda não tivesse chegado àquela casa, com os olhos assustados enquanto segurava uma maleta minúscula com as duas mãos. Talvez, se assim o fosse, tivessem feito um quadro menor, com todos juntos, desde que Winston não tivesse que posar para o pintor por mais do que duas horas.

O fato de a vida ser boa e de Lucretia sentir-se satisfeita — e, por que não, se dizer contente — a maior parte do tempo, não significava que ela não sentisse falta de seus defuntos. Se, pelo menos, Lauren... Ela já estaria casada naquela época. Era provável que tivesse poupado Adam de seu sofrimento. Talvez já tivesse providenciado um neto ou dois para Lucretia. Aqueles pensamentos, porém, não a levavam a lugar nenhum.

— Vossa Excelência tem razão — Rosamund falou, de modo quase jocoso. — Inclusive, minha presença aqui se dá unicamente para avisar-lhe de que seu banho já está pronto.

— Esplêndido!

Lucretia bateu as mãos e virou-se para sair da sala, caminhando ao lado de Rosamund. Antes que as duas pudessem chegar às escadas, um grito fez com que estacassem. A corrida para a fonte do barulho foi rápida para ambas, apesar de aquela não ser uma atitude elegante. Não demorou para que, na sala amarela, estagnassem ao ver Lara desfalecida no chão, enquanto uma das criadas, provavelmente a mesma que as alertara com o grito, tentava abaná-la de um modo não muito efetivo.

— Não seja tola, vá buscar os sais — foi Lucretia quem ordenou, enquanto Rosamund aproximava-se da amiga, acomodando sua cabeça no colo e tentando acordá-la.

Lara abriu os olhos quase ao mesmo tempo que Richard chegou na sala, mas antes que qualquer uma das mulheres pudesse perguntar o que tinha acontecido, ele a carregou para a *chaise* mais próxima, enchendo-a de perguntas sem nem sequer dar-lhe tempo de responder qualquer uma delas.

— Meu filho, acredito que sua esposa passará mal novamente, se você não a deixar respirar.

— Eu já me sinto melhor. Foi apenas uma tontura passageira. Acredito que por a sala estar muito abafada.

— Tem certeza de que se encontra restabelecida? — Rosamund perguntou, se aproximando da amiga e segurando-a pela mão livre, já que a outra Richard tinha entre as próprias.

— Ao que parece, minha esposa tem um problema com o campo. Desde que aqui chegou não se encontra bem.

Fora o comentário do filho que fez Lucretia despertar para aquela verdade. No último mês, era comum que sua nora estivesse indisposta para muitas de suas atividades habituais, depois de, nos seis meses passados desde o casamento dela com Richard, ter gozado de uma saúde de ferro. Andava bastante sensível a aromas e sabores, bem como havia reduzido drasticamente suas atividades em prol de descansos mais prolongados.

— Acredito que ela estaria tão mal como agora se encontraria ainda que estivéssemos em Londres ou no continente — Lucretia resolveu falar depois de alguns minutos fazendo suas contas. Fora uma tola. — Diga-me, minha cara, quando foi a última vez que suas regras desceram? — Antes que Richard protestasse pela indiscrição da mãe, ela continuou: — Estamos em família. E, se meu palpite estiver certo, esta é uma pergunta bastante relevante para a ocasião.

Lara parecia fazer as próprias contas com muita agilidade, enquanto Richard olhava da mãe para a esposa. Não entendia o que diabos se passava na cabeça daquelas duas e ficou mais confuso quando Lara abriu um sorriso largo e tímido ao mesmo tempo, balançando a cabeça positivamente para a sogra.

— Isto seria esplêndido! — Rosamund disse, animada, entendendo com perfeição o que acontecia naquela sala.

— Richard, não tenho nada que comprometa minha saúde, mas deve me chamar um médico de sua confiança tão logo seja possível.

— É fato notável de que sua saúde está sim comprometida. — Richard, vendo que a menina antes dispensada para trazer os sais, agora desnecessários, observava aquela confusão, antecipou-se. — Peça ao senhor Shirley que vá buscar um médico com urgência.

A pobre criada deixou os sais sobre a mesinha de canto, antes de correr para cumprir sua nova ordem.

— Não há com o que se preocupar, Richard.

— Minha esposa está doente! É óbvio que devo me preocupar!

— Na verdade, meu marido, o mais provável é que eu esteja esperando um filho seu. O médico faz-se necessário apenas para confirmar que tudo corre bem durante este estado.

Pela expressão dos olhos de Richard, ele gostaria de falar milhões de coisas, mas tinha todas elas presas entre a garganta e a língua. Sua mudez não o impediu de abraçar a esposa de forma carinhosa, como quem a protege por debaixo de suas asas.

Realmente, aquela era uma notícia esplêndida!

Lucretia já podia prever: o quadro da família que fora a sua, como a oitava Duquesa de Wanthrop, em breve seria substituído. No lugar de Winston estaria Richard, um pouco mais velho do que o pai quando pintado. Lara talvez sentasse ao seu lado, ou, quem sabe, preferisse ficar de pé ao lado do marido. Quantos meninos ladeariam os dois? Lucretia não fazia questão de adivinhar, mas, se pudesse escolher, que fossem, no mínimo, quatro. Aquele primeiro era um excelente presságio.

O pensamento da substituição a fez dar mais uma risada, olhando de longe, enquanto Richard cuidava para que Lara chegasse aos próprios aposentos com segurança.

Conheça o próximo livro da série:

Os cadernos da Filha do Barão
Lygia Camelo Santiago

Capítulo 1

A senhorita Eris Murray, filha do Barão Morfey, em seus quase vinte e um anos de vida, cultivou a impressão de que o casamento tinha poucas vantagens para uma dama. Como filha única de um homem de posses, sabia ser esse seu destino, mas nunca o encarou com o agrado desejado por sua mãe. Festejava a sorte de que seu pai estava mais preocupado com o fim de sua linhagem do que em arrumar-lhe um esposo, sem se dar conta de que os anos começavam a correr rápido demais para sua única prole.

Sempre foi um bocado taciturna, não se deixando agradar com facilidade pela frivolidade dos bailes da boa sociedade. Os chás, com os mais próximos amigos, lhe eram muito mais agradáveis, mas a sua real diversão estava nos pequenos diários que a acompanhavam desde que aprendeu a pôr no papel as palavras que não podiam sair de sua boca.

Foi a Srta. Prin, a primeira preceptora de quem tinha lembrança, que lhe deu o caderno número um. Um mimo para uma aluna aplicada. Explicou-lhe que aquele era um diário no qual ela deveria escrever sobre todos os seus dias, de modo a não esquecer nada importante quando fosse lhe enviar cartas, já que a Srta. Prin abandonava seu posto no lar dos Murray para se tornar a Sra. Burke.

Eris não recordava de uma vez anterior na qual o casamento lhe tirara alguém que lhe era caro. Aos nove anos de idade, Eris não conseguia entender o porquê de a sua preceptora escolher a vida em um rincão rural não muito próspero, ao invés do conforto dos lares do pai dela — as viagens entre a tão animada Londres e a revigorante calma de Walsham, a propriedade rural favorita do Barão.

Esses também eram os questionamentos de sua mãe, mas, ao contrário dela, Eris teve coragem o suficiente para fazê-los diretamente à Srta. Prin, que lhe respondeu com uma risada, parando de guardar suas coisas no baú de viagem para sentar-se ao lado de sua pupila.

— Você ainda é muito nova para compreender algumas coisas, querida Eris, mas deve saber, desde já, que o amor é uma coisa rara de se encontrar. Principalmente no casamento. — Segurava as mãos pequenas de Eris enquanto falava. — Sou muito grata à sua família e a você por todo o respeito que por mim tiveram, mas meu Sr. Burke, apesar de não poder me oferecer todos os confortos que tenho na casa de seu pai, me ofereceu a si mesmo e à chance de construirmos juntos uma vida boa para ambos. E eu o quero, com todo o meu coração.

— Isso significa que não quer mais a mim?

— Quero aos dois — disse-lhe com mais uma risada, beijando o topo da cabeça de cabelos negros com carinho. — Mas você, minha criança, vai crescer e eu não mais terei espaço na sua vida, enquanto o Sr. Burke vai envelhecer comigo, e nós seremos um do outro até que o fim de nossas vidas decida nos separar.

Era claro que a Srta. Prin sempre teria espaço em sua vida. Quem mais poderia praticar com ela tão bem o francês? Ou quem a colocaria para ler os clássicos? Ainda tentou argumentar, sem conseguir arrancar mais do que risadas da sua preceptora.

— Minha doce Eris, um dia você irá se apaixonar por um bom homem, e espero que nesse dia me mande uma bonita carta dizendo que finalmente entende a minha escolha. Agora está na hora de ir para sua cama. Amanhã teremos uma última lição.

Obediente, a menina deixou-se ser enrolada nas cobertas pela preceptora com a certeza de que jamais a entenderia, agarrada com o caderno que tinha seu nome gravado na capa com um bonito tom de dourado.

Pouco menos de um ano depois, as páginas já estavam cheias de seus rabiscos, com as cartas de sua agora querida Sra. Burke guardadas entre elas. Quando completou quinze anos, já possuía um total de seis cadernos de páginas riscadas, alguns blocos de notas com pequenas impressões sobre a mocidade e, por fim, dois pequenos cadernos nos quais Eris contava suas pequenas mentiras.

A mocidade não tirou o aspecto calado de sua personalidade. Ao invés disso, aguçou sua observação sobre os amigos do pai, que se reuniam depois do jantar para conversas sobre negócios, e as companheiras de chá da mãe, que falavam sobre os mais variados aspectos da existência feminina. As mentiras, ou realidades imaginadas ao espiar conversas que não eram para seus ouvidos, não seriam toleradas se ditas em voz alta, mas, seguramente escondidas nas páginas de um caderno, não se destinavam a outros olhos que não fossem os dela.

Podia divagar sobre o aperto de mão que viu entre o

Sr. e a Sra. Philman antes do jantar, uma atitude pouco habitual entre os casados que conhecia; fazer conjecturas inaceitáveis sobre os comentários que ouvira quanto à infidelidade do Sr. Lancaster, por mais que tivesse demorado a entender o que ser infiel significava. Teve até mesmo o disparate de rabiscar o seu ciúme quando a Sra. Burke lhe informou que sua última filha era uma menina, chamada de Eris em sua homenagem. A carta que remeteu para a antiga preceptora, contudo, exprimia os mais doces desejos de saúde para a pequena, bem como uma promessa de visita que só conseguiria cumprir um ano depois.

Suas observações e os anos passados não lhe ajudaram muito a ter uma melhor impressão do casamento, mas certamente confirmaram que o amor era uma coisa rara de encontrar. Havia perdoado a antiga preceptora pelas bodas e sempre se encantava com o carinho por ela denotado ao senhor Burke nas cartas que lhe chegavam mensalmente.

Seus pais se respeitavam, todavia, não se lembrava de vê-los trocando mais palavras do que os cumprimentos habituais durante as refeições. O que tinham em comum entre si era o desejo de manterem-se respeitosos perante à boa sociedade, feito que conseguiam com graça. Se alguma vez o Barão Morfey parou para ver qualquer das pinturas da esposa, a filha certamente não tomou conhecimento de tal façanha, ainda que muitas delas estivessem nas paredes de suas propriedades. Sua mãe, por outro lado, não tinha qualquer gosto pelas caçadas que ocupavam o tempo do Barão no campo, ou mesmo pelos jogos que o entretinham na cidade.

Cresceu observando a maioria dos amigos dos pais manter o mesmo tipo de relação distante, sem se convencer de que as raras exceções não passavam de uma distorção. Por mais que, nos livros, as relações entre as pessoas fossem bem mais amistosas, a realidade pouco lhe mostrava aquilo. Mesmo entre amigos, era difícil achar aqueles que não se revelassem falsos ou mesquinhos, o que a fez abandonar as relações com a maioria das mulheres de idade similar à sua.

A idade, entretanto, fizera um grande bem aos seus preconceitos, assim como observar a felicidade de sua melhor amiga. Até o casamento de Lara Hale com o Duque de Whantrop, Eris jamais vira de perto o que se chama de felicidade conjugal. Ao contrário do que seria esperado, era comum que o curioso par de recém-casados formado por Lara e Richard trocasse pequenas missivas quando estavam separados — o que, por mais de uma vez, interrompera os chás entre Lara e as amigas em Ackerley, a propriedade dos dois em Londres. Quando juntos, por mais que fosse Lara uma tagarela, sempre parava para escutar o que o marido tinha a dizer, parecendo natural que as mãos de ambos se encontrassem sem pudores quando longe de olhos menos íntimos.

Era sobre Lara e Richard que Eris escrevia em seu atual caderno de notas, forçando a vista para enxergar as palavras que se emendavam sob a parca luz da vela de sua cabeceira. Soprou a tinta fresca com delicadeza e secou-a com o mata-borrão antes de acomodar o pequeno caderno, já fechado, no bolso de suas vestes. A pena e o tinteiro em muito teriam aumentando a pouca bagagem aceitável para um baile, mas o discreto lápis de grafite seria de grande valia caso acabasse entediada ou escutasse algo digno de nota entre as danças.

O vestido claro, por sorte, não ganhou nenhum respingo de tinta que chamasse mais atenção que seus bordados lilases, como Eris pôde perceber quando se levantou de sua mesinha. Ser a filha de um barão lhe trazia responsabilidades. Por mais que tivesse conseguido escapar do casamento, não conseguia repetir este feito em relação aos bailes.

— Senhor, dois cavalheiros estão na sala de visitas à sua espera.

Pelo modo que Simms havia falado, era claro que, quem quer que fossem as duas criaturas que o esperavam, estavam longe de serem cavalheiros. Em outras épocas, aquilo não lhe chamaria atenção, mas as duas últimas semanas de Harvey Prescott lhe deram motivos suficientes para que ele estivesse alerta.

— E você perguntou quem são os dois antes de deixá-los entrar na minha casa?

— São o tipo de pessoa que não se pergunta quem é — Simms estava ciente dos problemas do patrão e devidamente aborrecido, como qualquer bom mordomo, pelo desagradável aumento de suas atribuições.

Harvey tivera que mandar Percy, seu irmão mais novo, para casa sem falar para o pai o motivo, apesar de ter dado uns bons cascudos no irmão antes de fazê-lo. Percy era um bom rapaz, trabalhador e esforçado, mas se envolvera com as pessoas erradas. Os *croupiers* viram nele uma presa fácil e o idiota se deixou seduzir como um patinho pelas cartas e prostitutas. Quando Harvey se inteirou das dívidas, mandou-o de volta para casa, e não havia chances de ele dizer para os credores que o irmão estava no campo. A culpa, em parte, era do próprio Harvey. Na primeira vez que tirou o irmão da propriedade rural, não se deu ao trabalho de explicar com que tipo de criaturas ele poderia se deparar, ou mesmo de fazer o aviso simples de que nem todos ali queriam o melhor para os outros.

Harvey não tinha intenção de atender vadios sem eira nem beira. Para um advogado que tentava criar a própria fama, era uma péssima propaganda para os negócios figuras escusas batendo na porta de seu recém-inaugurado escritório. O Sr. Cornish, que o tomara como pupilo desde que ele acabara os estudos, era conhecido por sua clientela composta por nobres e burgueses ricos. Era este o foco de Harvey. Herdara muitos dos contatos e alguns dos clientes do antigo patrão, desde que este se mudou para o novo mundo com a esposa norte-americana. Ainda assim, precisava construir o próprio nome.

O fato de os credores de seu irmão estarem à sua porta àquela noite era um péssimo sinal. Em qualquer outro dia — no qual ele provavelmente estaria debruçado nos próprios documentos depois do jantar, como forma de se distrair até a hora de dormir, ou mesmo se preparando para encontrar um amigo em um pub para beber algo —, talvez Harvey tivesse descido e tentado negociar um novo prazo para fazer o próximo pagamento. Naquela noite, porém, estava quase todo pronto para sair, já dentro de suas vestes *white tie*. Faltava apenas amarrar a gravata, fechar o colete e colocar a casaca sobre os ombros e Harvey esperava poder contar com Simms para aquilo. Era uma pena que as visitas inesperadas pusessem abaixo seus planos.

— Você disse que eu estava em casa?

— Não sou tão estúpido, mas não pude contê-los do lado de fora.

— Distraia-os. Vou sair pela cozinha. Pedirei uma carruagem de aluguel para Belmont's House assim que me afastar o suficiente de casa.

— Irá até a casa do Conde desse jeito?

Simms já tinha mais de 50 anos, ressaltados por marcas profundas que se espalhavam pelas duas bochechas e lhe emprestavam um aspecto ainda mais envelhecido. Fazia as vezes de mordomo, valete e até mesmo secretário, ajudando Harvey nas mais diversas situações há quase cinco anos. Não tinha tantos pudores como o criado de um homem rico e o olhava naquele momento com a repreensão estampada em cada pedaço de seu rosto feio.

— Irá me sugerir algo melhor?

Se dando por vencido, o criado saiu do quarto sem nada dizer, deixando Harvey com um sorriso preocupado nos lábios enquanto juntava tudo o que precisaria para a noite. Escapou do quarto fazendo o mínimo de ruído possível, pedindo aos céus que a Sra. Abbey, a velha cozinheira que mantinha para não morrer de fome, não estivesse na cozinha. Não podia, contudo, contar com a própria sorte enquanto se esgueirava como um rato pela casa.

— Senhor Prescott, o que pensa que está fazendo...?

Mal teve tempo de colocar o dedo sobre os lábios ao entrar na cozinha, mas, por sorte, a Sra. Abbey entendeu a tempo seu gesto e diminuiu o tom de voz até ele sumir como um todo.

— Faça de conta que não me viu. Simms explicará tudo depois. — Segurou a mão da cozinheira com a que tinha livre e a puxou para um rápido beijo na bochecha, sabendo que aquilo impediria que ela voltasse a falar pelos próximos minutos. — Deseje-me boa sorte, que hoje eu vou conversar com os figurões.

Com o olho direito, deu uma piscadela. Colocou a cartola sobre os cabelos antes de rumar para fora de casa pela porta da cozinha. Seria ridículo sair correndo, além do que chamaria mais atenção do que a necessária para sua figura. Nem mesmo sua ansiedade para se afastar logo de casa o fez olhar para trás, ou apressar o passo mais do que os outros transeuntes. Só respirou aliviado, porém, quando subiu no cabriolé que o levaria até a casa de Robert.

A ideia de convidar um advogado para um baile da nobreza havia sido do próprio Robert, ou melhor, Lorde

Robert Bradley, o Conde de Belmont. O pai de Harvey, Henry Prescott, assim como seu avô e bisavô, foram arrendatários dos Belmont durante toda a vida. Os Prescott gostavam da vida rural e os Belmont eram bons patrões. O filho mais velho dos Prescott que buscara para si algo além do trabalho em terras alheias, em muito tempo, fora Harvey, e sob as bênçãos e ajuda do antigo Conde.

O fato de Robert e Harvey terem nascido no mesmo outono fez com que estas duas criaturas de origens tão distintas fossem companheiras de aventura durante toda a infância. O velho Belmont não tinha qualquer óbice para com a amizade dos dois – e, se fosse sincero, diria que se alegrava dela, já que seu filho era um menino tímido e quieto demais, em sua opinião, ao tempo em que Harvey conseguia fazer com que Robert vencesse seus pudores excessivos –, motivo pelo qual pediu que o tutor de Robert também ensinasse ao filho de arrendatário, antes de mandar os dois juntos para Eton e depois para Oxford.

Robert não pudera completar os estudos, e, como filho de um conde, isso jamais fora esperado dele, mas Harvey se agarrara com unhas e dentes àquela oportunidade. Seu próprio pai já não era um homem jovem e, para além dos dois irmãos mais moços, havia as quatro meninas com quem se preocupar. A mais velha tinha 15 anos de idade e seria maravilhoso que pudesse conseguir um bom casamento. A mais nova tinha apenas seis anos, e a pequena escala de idades entre os dois extremos fazia com que os Prescott perdessem noites de sono quando o assunto era casar todas as meninas.

Outro bom motivo para Harvey ter se dedicado às oportunidades que lhes foram oferecidas pelo conde fora o estímulo deste. Tivera conversas francas o suficiente com Joseph Bradley, o antigo conde, para saber que, contanto que ele mantivesse Robert em um bom caminho e fosse para ele um amigo sincero, nenhum de seus privilégios seria retirado. Quando o velho Belmont o disse, contudo, já sabia que nenhum Prescott gostava de viver de favores. Foi por isso que ele fez questão de parabenizá-lo por cada boa nota e progresso nos estudos jurídicos, e, quando o recomendou para o escritório de Cornish, que cuidava dos assuntos do condado há, no mínimo, três gerações, o fez porque acreditava no bom trabalho de Harvey, e com o mesmo orgulho que tinha ao anunciar seu próprio herdeiro aos círculos sociais que cabiam a Robert.

Harvey exibiu o melhor dos seus sorrisos quando encarou Emmet na soleira de Belmont's House. Isso não impediu que o mordomo do Conde de Belmont o olhasse com uma expressão de desaprovação.

— Desse jeito vão pensar que é algum pedinte audacioso que não sabia qual a porta correta para pedir esmolas.

— Não falta muito para que eu fique adequado, Emmet — podia apostar que seu cabelo estava assanhado e que fazia uma figura ridícula com a gravata na mão e o colete ainda de botões abertos sob a casaca. — Estou contando com você para que faça sua mágica antes de anunciar minha presença para Belmont.

Aquele era um péssimo dia para os mordomos no caminho de Harvey. Ele sabia, contudo, que não seria odiado por muito tempo nem por Emmet, nem por Simms.

CONHEÇA OS TÍTULOS DA SÉRIE
SEGREDOS VITORIANOS

COMO NÃO PERDER O DUQUE

OS CADERNOS DA FILHA DO BARÃO

Impressão e acabamento
psi7 | book7
psi7.com.br book7.com.br